僕ならこう読む

佐藤 優

青春新書
INTELLIGENCE

まえがき

時間は有限であり、人生で体験できることは限られている。さらに、殺人や強盗、覚せい剤の使用など、体験すれば社会的生命を失ってしまうようなこともある。

よりよい人生を送るために、読書はとても役に立つ。読書を通じてさまざまな代理経験ができるからだ。しかし、どの本を読めばいいかという選択は難しい。話題になっている本が、必ずしもよい本であるとは限らないからだ。また、本を買ってはみたが、難しくて読み進められないこともある。そういうときには、どうしたらいいのだろうか。

スポーツで練習試合があるように、本格的な読書を始める前の練習試合になるような読書本をつくりたいと、私は以前から考えていた。本書でとり上げたのは、いずれも読み応えがあり、人生の血となり肉となりうる本だ。そして本書は、これらの本が私の人生でどのように血となり肉となったかがわかるような構成になっている。

優れた本は、複数の解釈が可能だ。そのため、私の見解に全面的に賛成する必要はない。ただし、「佐藤優はこういう理屈でこんな解釈をしているのだ」ということを理解すれば、読書力が向上するだけでなく、他人の気持ちになって考える人間力もつく。

難しい本には二つの種類がある。第一は、読んでも意味のない難しい本だ。難しい言葉がちりばめられているが、それについて定義がなされておらず（あるいは世間一般の理解と異なる定義がなされているが、そのことを明示していない）、かつ論理構成が崩れている。こういう本は読むだけ時間の無駄なので、速読法で内容にざっと目を通して間引く必要がある。

第二は、読む価値があるが、そのための準備が必要とされる本だ。典型的なのが学術書だ。議論が積み重ね方式になっているので、基礎力がなければ理解できない。中学校レベルの四則演算に不安のある人が、微分方程式がたくさん出てくる金融工学の専門書を読んでも、さっぱりわからないだろう。また、北方領土問題に関するロシア語の専門書を読む場合、高度なロシア語の知識のみならず、ロシアで北方領土問題について過去にどのような議論が展開されていたかという知識も必要になる。

読んでも意味のない難しい本と読む価値がある難しい本を仕分けする能力を身につけるには、優れた小説を読むことが大切だ。小説は、標準的な日本語能力を持つ大人を対象に書かれており、専門知識がなくても読むことができる。専門的な事柄が出てくるとしても、優れた小説家ならば、一般読者にもわかるようかみ砕いて説明する。そのため、小説を読むと優れた文章とそうでないものを見分けられるようになる。本書でとり上げた本のほとんどが小説なのは、それが読書力をつける最短コースだからだ。
私が尊敬するマルクス経済学者の宇野弘蔵氏は、文芸評論家の河盛好蔵氏との対談で、小説を読むことの意義についてこんなことを述べている。

河盛　しかし、小説を読まずにはいられないというのはどういうことなんでしょうか。
宇野　どういうんでしょうね。これはむしろ河盛さんにききたいのですが。
河盛　いや、それを先生からお聞きするのが、今日の対談の目的なんです（笑）。
宇野　ぼくはこういう持論を持っているのです。少々我田引水になるが、社会科学としての経済学はインテリになる科学的方法、小説は直接われわれの心情を通してインテリにするものだというのです。自分はいまこういう所にいるんだということを知ること、それがインテリになるということだというわけです。経済学はわれわれの社会的位置を明らかにしてくれるといってよいでしょう。小説は自分の心理的な状態を明らかにしてくれるといってよいのではないでしょうか。読んでいて同感するということは、自分を見ることになるのではないでしょうか。
河盛　これはなかなかいいお話ですね。つまり小説によって人間の条件がわかるわけですね。

宇野　ええ、そうです。われわれの生活がどういう所でどういうふうになされているかということが感ぜられるような気がするのです。小説を読まないでいると、なにかそういう感じと離れてしまう。日常生活に没頭していられる人であれば、何とも感じないでいられるかもしれないが、われわれはそうはゆかない。自分の居場所が気になるわけです。

（宇野弘蔵『資本論に学ぶ』ちくま学芸文庫、２０１５年／２５４頁）

インテリ（知識人）というと手垢がついた旧い言葉のように聞こえるが、人間がいま置かれた状況を正確に知るのはとても重要なことだ。なぜなら、現実から遊離した行動は実を結ばない。修道女の渡辺和子氏は、「置かれた場所で咲きなさい」とすすめるが、宇野氏も渡辺氏と同じ事柄を違う表現で語っているのだ。

本書を上梓するにあたっては青春出版社の赤羽秀是氏、ライターの本間大樹氏、青春出版社プライム涌光の岩橋陽二氏に大変にお世話になりました。深く感謝申し上げます。

２０１６年12月26日、曙橋（東京都新宿区）にて

佐藤優

まえがき——3

第1章 他者とのコミュニケーションについて

『火花』又吉直樹／文藝春秋
『異類婚姻譚』本谷有希子／講談社

内にこもることが容易な時代——15
自分の居場所をネット上に求める——17
多義的なことが『火花』の魅力——18
マジョリティとマイノリティの断絶——20
「柔軟性」は「社会性」に通じる——24
共依存の関係を描いた『異類婚姻譚』——26
互いに深入りしない夫婦関係——28
「依存」はいろいろな形をとる——32
コミュニケーション力とは「間口の広さ」——34

第2章

愛することについて

自己愛人間を見抜く方法——41
幼少期の環境が大きく影響する——44
どのようにつき合うのがいいか——47
家族の愛憎劇を描いた傑作——49
あなたの周りにもいる自己愛型人間——52
SNSは〝自己承認ツール〟——54
傷つく前に相手を傷つける——56
不毛な自己愛型人間の恋愛——58
不条理に対する耐性も必要——61
ブラック企業では活躍することも——63
〝正しい自己愛〟と〝間違った自己愛〟——65

『腑抜けども、悲しみの愛を見せろ』本谷有希子／講談社文庫
『伊藤くんＡ ｔｏ Ｅ』柚木麻子／幻冬舎文庫

第3章

信念を貫く生き方について

『沈黙』遠藤周作／新潮文庫
『塩狩峠』三浦綾子／新潮文庫

戦後日本を支配する三大原則――71
長いものには巻かれるべき――73
思考が硬直化することの危険――76
隠れキリシタンの悲劇を描いた『沈黙』――78
「愛」は原理原則に縛られない――80
変わり身の早さは長所でもある――83
「空気」に支配されやすい日本社会――85
論理性に乏しい日本のマスメディア――87
自分の身を守ることだけを考える――89
性悪説が犯罪者を減らす――90
人間の理性を当てにしない――93
悪に向き合ってこそ強くなる――94
上司は少し悪人のほうがいい――96
自らの命を犠牲にできる人もいる――98
善なるものが人を動かす――99
日常を照らす自己犠牲の精神――101

第4章

組織の怖さと残酷さについて

ストレスのはけ口は弱い人間に向けられる——107
組織の内在論理を見極める——110
社会的存在である人間の宿命——112
極限状態の組織を描いた『真空地帯』——113
ブラックな組織で生き延びる方法——116
優しく接してくる人にも注意が必要——118
ネットワークビジネスの怖さがわかる小説——120
自分を変えたい人ほどハマる——123
仕事のしすぎも依存状態の一つ——125
〝依存〟で成り立っている現代のビジネス——127
組織の論理に潰されない生き方——130

『真空地帯』野間宏／岩波文庫
『ニューカルマ』新庄耕／集英社

第5章

現実を見極める力について

『首飾り』モーパッサン／『モーパッサン短篇集』（ちくま文庫）に所収
『堕落論』坂口安吾／集英社文庫

失敗を認めることが力になる——135
『首飾り』で自分に潜む虚栄心に気づく——137
自由な社会ほど「虚栄心」が表出する——139
自然主義文学で客観性をとり戻す——142
本当の満足は実生活の中に——144
私がオリンピックを見ないわけ——147
『堕落論』は生き抜くことへの賛歌——149
「人間だから堕ちる」の真意——150
戦後日本人の最大の欺瞞とは——154
自分を見つめ直す生き方——155
若い人にこそ必要な「堕落」と「落伍」——157

第6章

運命と選択について

〝選択したつもり〟にさせられている——163
「一億総活躍社会」の裏にあるもの——165
運命について考えさせられる一冊——167
断定することの強さと怪しさ——169
社会規範から逃れることはできない——171
自分でストーリーをつくれる人が強い——173
「すごい人」と出会えるかが重要——176
伸びる人と伸び悩む人の違い——178
ハンディは必ずしもマイナスにならない——179
本当に好きな仕事なら食べていける——181
職人的世界にも生きる道がある——183
才能は絶対条件ではない——185

『私という運命について』白石一文／角川文庫
『羊と鋼の森』宮下奈都／文藝春秋

企画協力　本間大樹
カバー写真　Shutterstock
帯写真　坂本禎久

第1章

他者との
コミュニケーション
について

『火花』

又吉直樹／文藝春秋

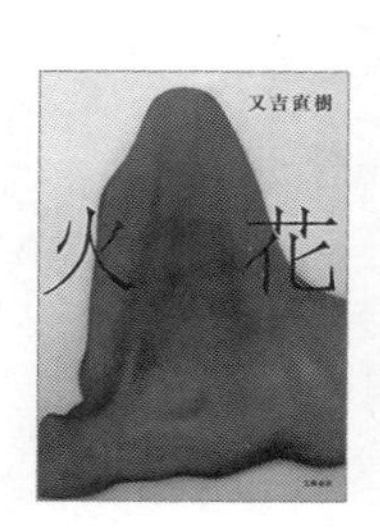

祭りの会場で知り合ったお笑い芸人の主人公・徳永と、先輩芸人の神谷。エキセントリックに生きる神谷に憧れ、徳永は師匠として仰ぐようになる。二人は頻繁に飲みに行き、芸人談議を交わす。二人とも社会との折り合いの悪さを自覚しながら、次第にお互いの違い、生き方の違いが明確になっていく……。お笑い芸人の又吉直樹さんが手がけた純文学小説として、さらには芥川賞受賞作として大きな話題を呼んだ。

『異類婚姻譚』

本谷有希子／講談社

結婚4年目、写真を整理していた主人公の女性は、夫と自分の顔が似てきていることに気がつく。ハイボールを飲みながらバラエティ番組を見るのが楽しみだという夫だが、そんなときに決まって夫の顔がズレることを発見する。やがて夫は単調なゲームにハマり、料理に凝り出して、会社を休みがちになってしまう。夫の顔はどんどん崩れていき、最後には……。

内にこもることが容易な時代

今、企業では社員のコミュニケーション能力不足が問題になっています。対顧客だけでなく、社員同士の基本的なコミュニケーションがうまくいっていません。若い社員ほどそれが顕著だというのです。

オフィスに入るとシーンと静まり返っている。全員が目の前のパソコンに向かっていて、カタカタとキーボードを叩く音だけが響いている。なんだか息が詰まりそうなオフィスが増えているようです。

ある会社で営業と倉庫担当の二つの職種で採用募集をしたら、圧倒的に倉庫の応募者が多かったそうです。以前なら花形部署である営業部に応募する人がほとんどで、倉庫係に応募する人は少数だった。ところがフタを開けてみたら逆転していたとか。

営業に比べると、倉庫での仕事に他者とのコミュニケーション能力は求められません。地味な仕事でも、そちらのほうが楽なのは確かです。人と向き合うのは面倒、会話をするのがしんどいという人が増えているのでしょう。

最近は会話中でも常にスマホをいじっている人がいます。あるビジネスパーソンから聞いたのですが、飲み屋で自分の話を聞きながら部下がしきりにスマホを操作している。何をしているのか聞いたら、話にわからない単語や事象が出てくると、スマホを使ってその場で検索しているというのです。

勉強熱心だといえなくもありませんが、だったら目の前の本人に直接聞けばいい。何のために一緒に飲んでいるのか。だいたい、会話中にちょこちょこスマホなんて見られたら気が散るし、相手に対して失礼です。

他者とコミュニケーションをとろうとすれば、面倒なこともたくさん起きます。考え方の違う他者と向き合うことで葛藤が起き、ときには軋轢や対立が生じたりもする。しかし社会生活を送ろうとすれば、イヤでも他者の存在に向き合い、他者とかかわっていかなければなりません。

ところが、現代は他者と向き合わなくてもそこそこやっていける社会です。イヤな相手とはメールでやりとりすればいいいし、わからないことがあったらインターネットで何でも調べられる。SNSで疑似友人関係を保ち、孤独感を和らげることもできます。

リアルな関係がますます希薄になっていく条件が揃っているのです。

自分の居場所をネット上に求める

相手の領域にどの程度まで踏み込んでいいのか？　どこまで自分の本音をぶつければいいのか？　コミュニケーションにおけるお互いの距離感がつかみづらい時代です。

近代になり市民社会が生まれる過程で近代的自我も出現しました。これまでの家族や地域、宗教といったさまざまな紐帯（ちゅうたい）から解き放たれ、個人が自由になったのはいいのですが、同時に共通の場や価値が見えにくくなった。

地域の共同体がしっかり生きている社会であれば、そこで語り合う共通の話題やテーマがあるはずです。宗教や思想が生きている社会なら、共有する価値観と言葉がある。そこで互いが自分の意見や考え方をぶつけ合い、議論することもできるでしょう。

その結果、相手と合意はできなくても互いを認識し、立場を理解することができます。

同志社大学で学んでいたころ、私は神学（キリスト教）とマルクス主義を軸に、さまざまな人と議論や会話をしました。その経験が、今の私の思想的な基礎になっています。

宗教や文化、芸術というものは、他者と向き合うための共通の場とテーマを提供してくれます。ところが、現代はそういうものが見えにくい時代です。するとどうなるか？　話のきっかけもつかみづらいし、相手がどういう立場でどういう考え方をする人間なのかもわかりにくい。

若い人が議論やコミュニケーションを嫌うのは、そういうことを敏感に察知しているからでしょう。コミュニケーションをとること自体がもはやリスクなのです。

そうなると他者の存在を無視し、自分の理屈と感覚の世界だけで生きたいと考える人も出てきます。先ほど話したように、幸か不幸か目の前の他者を無視してもネットやＳＮＳなどで情報は得られるし、疑似関係を築くことで絶望的な孤独感から逃れられるからです。

でも、はたしてそれが人生を豊かにすることにつながるのかといえば、私はそうではないと思っています。

多義的なことが『火花』の魅力

そんな私たちのコミュニケーションの問題を考えるのに、又吉直樹さんの『火花』（文藝春秋）がとても参考になります。お笑い芸人の主人公である徳永と、先輩芸人の神谷はある地方の営業先で知り合います。まだ二十歳の徳永は神谷の破天荒な芸風と生き方に芸人の理想の姿を見出し、神谷に弟子入りします。

弟子入りといってもけっして堅苦しいものではなく、二人は飲み歩きながら、お笑いのこと、人生のこと、つき合っている女性のことなど、さまざまな話をする濃密な関係です。

こういう関係は、今のビジネスパーソンの間ではあまり見られません。お笑い業界は、まだその点では先輩と後輩のつながりが強い、古い体質が残っている世界なのでしょう。

この作品の面白さは、芸人独特のユーモラスな会話のやりとりを中心に、さまざまなテーマが複層的に重なり合っていること。たくさんの主題が鳴り響くポリフォニー（多声音楽）のような構成なのです。

芸人の厳しい世界を描いた内幕物として見ることもできれば、徳永と神谷の友情物語として読むこともできます。また、未熟な主人公が紆余曲折を経ながら成長していく教養小説として読むことも可能でしょう。

よい作品というのは読み手によってさまざまな読み方、解釈が可能な作品でもあります。ときには作者の意図を離れたところで、作品が勝手に評価されたり解釈されたりして、新たな価値を生み出していく。

『火花』はけっして人気芸人の又吉さんが書いたという話題性だけでベストセラーになったわけではなく、このような作品としての力があるのです。

複層的な主題の中で、まずとり上げたいのが二人のコミュニケーションのとり方と関係性です。お笑い芸人の主人公徳永と先輩芸人の神谷の二人は、かみ合わない部分がありながらも互いに引かれ合い、ときにはぶつかりながらも一緒に飲み歩きます。

異質な者同士がときにぶつかり合いながらもコミュニケーションをとり、関係を築きながら互いに成長していくのです。

マジョリティとマイノリティの断絶

主人公の徳永は先輩芸人の神谷をある部分で尊敬していますが、恐れてもいます。笑いのためならすべてを犠牲にしてもかまわない。そんな破滅型、天才型である神谷を、徳永は自分にはないものとして見ている。同時に、社会とうまく折り合っていけないという点では、自分と共通点があると徳永は思っています。

ところが二人でキャバクラに行ったとき、それが誤解であったことに気づきます。神谷は女の子たちと楽しそうに話し、不器用な徳永を揶揄しながら場を盛り上げる。女の子たちは笑うのですが、徳永にとっては苦痛でしかない。

僕は神谷さんを、どこかで人におもねることのできない、自分と同種の人間だと思っていたが、そうではなかった。僕は永遠に誰にもおもねることのできない人間で、神谷さんは、おもねる器量はあるが、それを選択しない人だったのだ。両者には絶対的な差があった。

社会との折り合いが悪い天才型のように見せていても、それはたんなるポーズで、実は世間の価値観に準じている。そういう人物がいます。というより、それが大多数なのです。主人公のように本当に折り合いが悪く、かつそれを客観的に認識している人のほうが少数派。神谷はマジョリティであり、徳永はマイノリティなんです。

それが明確に表れているのが、井の頭公園で1本だけ紅葉していない楓を見つけたときの二人の会話です。「新人のおっちゃんが塗り忘れたんやろうな」と冗談をいう神谷に「神様にそういう部署があるんですか」と徳永が口を挟みます。

すると、

「違う。作業着のおっちゃん。片方の靴下に穴開いたままの、前歯が欠けてるおっちゃんや」と神谷さんがいった。その誇張には僅かな怒気が含まれているように感じられた。

話の腰を折られたことで神谷は腹を立てるのですね。で、

俺が変なこというても、お前は、それを変なことと思うな。すべて現実やねん。

疑問をさしはさむ主人公に神谷はつべこべいわずに「俺」のいうことを聞けというわけです。徳永は打ちのめされた気分になり、神谷のいうことに従います。

神谷は人がいいし面倒見もいい。悪い人間ではけっしてないのです。ただ、ある時点になると、自分の意見を高圧的に押しつけることがある。お笑いの世界の上下関係だといえばそれまでですが、そこに主人公はお互い人間として向き合うことの限界を感じるのです。

これはマジョリティとマイノリティの関係を見事に表しています。多数派は「自分のい

うことを聞け」となりがちだし、少数派は「なぜ？」と疑問を感じながらも、結局は押しきられてしまう。

決定的なのが最後の場面です。借金とりに追われて行方をくらましていた神谷から連絡が入って久しぶりに再会するシーン。詳細はあえて伏せますが、神谷は突拍子もないある行動に出ます。しかし、それは性差別につながりかねない行為でした。

世の中にはね、性の問題とか社会の中でのジェンダーの問題で悩んでる人がたくさんいてはるんです。そういう人が、その状態の神谷さん見たらどう思います？

涙ながらに主人公は神谷を非難します。

世間を無視することは、人に優しくないことなんです。それは、面白くないことと同義なんです。

神谷はけっして悪意があったわけではありません。ただ周囲が見えていない。もっというなら、少数派の気持ちがわかっていない。それはマジョリティ、多数派が常に陥る傲慢さです。

「柔軟性」は「社会性」に通じる

実は今の日本全体にこの傲慢さが蔓延しています。典型的なのは沖縄の米海兵隊普天間飛行場の辺野古移設問題です。沖縄県民があれだけ反対しているにもかかわらず、日本全体という、いわばマジョリティの論理を押し通そうとする。

まさに神谷と同じで「つべこべいわずにオレのいうことを聞け！」ということです。マイノリティは「なぜ？」「どうして？」と常に正当な理由を求めるのですが、それを面倒がって力で押し通そうとするのです。

強者の立場に立つと、得てして弱者や少数派の視点がわからなくなります。それに対して、弱者や少数派は自分を守るために社会全体を見渡さざるを得ません。天才的と思えていた神谷は、実はたんに周囲が見えていなかった呑気でおめでたい人なのかもしれない。その点、マイノリティを自覚している徳永は、自分と周囲がよく見えているのです。

ここで一種の皮肉というかパラドックスが生じます。他者におもねることができないと認識する徳永のほうが、実は周囲が見えているという点で社会性を持つことができている。自分の価値観を絶対的だと疑わない神谷は他者の存在や意見を認めず、自分しか見えていません。

実は、徳永のような人物こそ他者に自分を合わせる柔軟性がある。その証拠に、徳永はお笑いをあきらめ、飲み屋でバイトをしながら不動産関連の仕事を模索します。自分と他者を客観的に見ることができる徳永は、おそらくどの世界に行っても、それなりに成功できる人物ではないでしょうか。

それに対して、神谷は自分も周囲も見えていない。自分には才能があると思っていても、たんなる独りよがりに終わってしまう可能性が高いのです。徳永自身が語っているように、そういう人は人に優しくなれないし、人を笑わせることもできません。世間を無視することは人に優しくないことだと、主人公の徳永は先輩に向かって抗議するのです。

さて、このような神谷と徳永のすれ違いを描きながら、この作品の大きな救いと意味は、それでも二人は親密な関係を続けていくことにあります。二人は関係を切りません。神谷も強引ですが結局後輩の徳永に諭され、涙を流す好人物です。そこでお互い変化して成長していく。

最後、二人で楽しそうに温泉に行く場面は印象的です。精神的にホモセクシャルな関係性まで深読みできるほど、個性がぶつかり合うなかで、認め合い受け止め合うという優しさが、作品全編にあふれています。

その明るさと救いが多くの人に支持されている所以でしょう。

共依存の関係を描いた『異類婚姻譚』

互いの生き方や考え方の違いから葛藤し、それを乗り越えようとする前向きな話が『火花』であるとすれば、第154回芥川賞を受賞した本谷有希子さんの『異類婚姻譚』（講談社）は、各個人がバラバラなまま自分の世界でしか生きられない、現代人の病理をえぐった傑作です。

サンちゃんと呼ばれる専業主婦の主人公は、ある日夫婦の写真を整理していて、自分と夫の顔がそっくりになっていることに気がつきます。よく夫婦は顔が似てくるといわれますが、不思議に思って夫の顔を観察していると、夫が部屋でくつろいでいるときに限って、瞬間的に目と鼻がズレるのです。

もしかしたら夫は人間の形をした異形の存在ではないか？　一見人間のようであり、自分の夫であるように見えるけど、まったく別の生き物なのかもしれない。そして夫に似てきている自分も、もしかしたら同類なのかも……。

そもそも異類婚姻譚というのは人間が動物や妖精など異質な存在と結婚する話のこと。世界各国に昔話や伝説として伝えられていて、日本だったら鶴の恩返しや雪女などが代表的です。

本作は人間の夫婦の話ですが、相手も、そして自分自身も人間のようでいて人間ではないのかもしれない。お互い異類の者同士が一緒になっているのではないか？　軽妙な文体で淡々と描かれていますが、そこはかとない不気味さがこの小説の全編に漂います。

なかでも夫の言動や行動は特徴的です。ＩＴ系の会社に勤める夫は、家に帰ってくるとハイボールを飲みながらバラエティ番組を見るのが唯一の楽しみ。「家では何も考えたくない男」と宣言し、主人公である妻の話もまともに聞こうとはしません。

どこにでもいそうな大人しい旦那だと思えるかもしれませんが、本質的には引きこもりなのです。一応稼がなければならないので、会社に行って仕事をすることは最低限するけれど、もしその必要がなくなったら、この旦那は一日中ハイボールを飲みながら、ずっとテレビを見続けているでしょう。

そんな夫が、家でリラックスしているときに限ってその顔がズレていく。そのことに本人は気がつきません。

その後、旦那がハマるのがコインを集めるだけの単純な携帯ゲーム。主人公からすると何が楽しいのかわからないほど単調なゲームなのですが、まるで憑かれたように没頭しています。一種の依存症であり、現実逃避でもあるのでしょう。

一見まともに社会生活を送っているようでも、小説の旦那のように実は病んでいるという人も多いのではないかと想像します。一応仕事はこなしていても家に帰るとまったくヤル気が起きないとか、ゲームやギャンブルに異常にハマってしまうとか……。

互いに深入りしない夫婦関係

旦那だけでなく、小説の登場人物すべてがそれぞれに病んでいます。キタエさんという高齢の女性は夫と二人暮らしですが、猫を飼っていてとてもかわいがっています。ところがこの猫がいつも家中のそこかしこで小便をしてしまう。

耐えかねて泣く泣く猫を捨てに行くのですが、主人公に一緒についてきてくれるように懇願します。車中でキタエさんは「猫を山に放しに行く」のだとしきりに主人公にいいます。「捨てる」というと罪の意識を感じますが、「放す」ということで猫を自由にしてやるのだという言い訳をしているのですね。そして実際に車から降りて捨てに行くのは、自分ではなく主人公とキタエさんの旦那に託してしまう。

現実と向き合おうとせず、自分をごまかすズルさが自然と身についているのです。そして猫を捨てて帰る車中、あれほど泣いていたキタエさんは、ケロッとして「お腹がすいた」と三人で食事に行くのです。

それらの登場人物を客観的に見ている主人公の主婦も、実は同じ穴の狢(むじな)です。夫はＩＴ関係の会社に勤め、収入がそこそこあるので専業主婦でも十分生活できる。夫の言動や性格に多少疑問を感じていても、安逸な生活に波風を立てたくないのでしょう。旦那と真正面から向き合おうとはしません。

それぞれがお互いの生き方や考え方に干渉しない。洗練されたスマートな関係のように見えますが、そこにあるのはお互いが相手に関心を持たないという、徹底した「冷たさ」

なのです。その点、先の『火花』とは実に対照的で、登場人物間の葛藤やぶつかり合いがまったく見られません。

たしかに彼らはお互いに会話をし、それなりの関係を築いているように見えます。夫が揚げ物ばかりをつくって妻に食べさせたり、買い物や旅行に行ったり……。しかし二人のやりとりに人間的な愛情を感じることはできません。

あるのは自分の興味と関心だけ。そんな自閉的な人間たちが、かろうじてお互いの関係をつなぐのは、夫婦という世間的な形においてであり、つまりは利害関係だけです。主人公は自分の顔が夫に似てきていることに恐怖と不快を感じますが、形だけの夫婦を保つための一種の擬態であり、その隠喩なのでしょう。

でも、こんな夫婦や家族関係もけっこう多いんじゃないでしょうか。顔が似てきたり、ましてや顔がズレたりはしないまでも、お互いがまともに向き合っていない。利害関係と建前だけで関係を続けていることをごまかすため、擬態のように表面的に相手と相手の考えに合わせる……。

もしくは、会話が成立しているように見えてコミュニケーションが成り立っていない。夫婦であるようで夫婦ではない。人間であるようで人間ではない……。

そんな異形の存在たちが、自分たちの異形さに気づかずに一緒に生活している。とても不気味で背筋がうすら寒くなるようなストーリーですが、もしかすると現代に生きる私たちすべてが多かれ少なかれ抱えている問題なのかもしれません。

そもそも、私たちは周囲の人をどれだけ理解しているでしょうか。たとえばあなたの配偶者や子ども、会社の上司や同僚、部下……。一応一緒に生活や仕事をしているからわかっているつもりかもしれませんが、本当に相手を理解しているといえるのか。

長く時間を共にして相手を理解したと思っていても、それはこちらの傲慢さによる勝手な思い込みである可能性もあります。

どんなに近い関係でも、けっして相手をすべて理解することはできない。そういう意味でお互いを異類として認識することは、けっしてマイナスではありません。少なくとも他者の存在を認めているわけですから。他者の存在を意識し、自分と他者が違うということを認識する限り、そこにコミュニケーションも生まれるでしょう。

主人公も他者と向き合いきれない弱さとズルさを持っていますが、唯一違うのは、他者(=夫)を異類として認識できていること。少し皮肉な感じもしますが、その点だけでもほかの登場人物よりはマシで、まだ救いがあります。

「依存」はいろいろな形をとる

この小説の不気味さの根本にあるのが歪んだ自己愛です。自分の意識の中に他者の存在がない。あったとしても自分に都合のよい部分しか見ようとしない。

通常、自我の成熟は自分の思い通りにならない他者の存在を認識し、その存在とコミュニケーションをとってうまく折り合いをつけるところから促されます。

ところが歪んだ自己愛が肥大化してしまうと、他者の存在に目がいかなくなる。自己愛に関しては次章でも詳しく解説しますが、他者の存在を無視すれば、当然他者とコミュニケーションする必要はありません。面倒な手続きをする必要がなくなるのです。

では、そういう人物に一人で生きていくだけの強さがあるかというと、実は弱くて脆いということがほとんどです。

主人公と夫が食事に出かけた際、通りかかった家の前で道端に唾を吐いた夫が、家の前を掃除していた女性に激しく毒づかれます。夫は謝ることも抗議することもできず、対応をすべて妻に任せて自分は塀の陰に隠れてしまう。困難や面倒なことはできるだけ背負いたくない。社会で仕事をして家庭を築いていても、夫の精神構造は子どものままなのです。

子どもは一人では生活することができませんが、親の完全な庇護の下で自分が世界の中心であり、何でも思い通りになるという全能感にとらわれがちです。

通常は成長の過程でそれが勘違いであることに気づきますが、まれにそのまま大人になってしまったような人物がいます。

そういう人は、自分の弱さを認めようとはしない一方、一人で生きていく力も自信もないことを知っています。一見他人を必要としていないようなクールさを気どりながら、その実は必要以上に相手に依存しながら生きているのです。

歪んだ依存体質が強いため、こういう人物はときにアルコールや薬物、ギャンブルの依存症になってしまいがちです。また、ストーカーやクレーマーのように相手につきまとうこともあります。夫はバラエティ番組をひたすら見たり、ゲームにハマったり、揚げ物ばかりつくったりしますが、こうした行動はまさに依存症の表れなのです。

主人公もまた依存体質を抱えています。夫婦というと一見まっとうな関係に見えますが、お互いの愛情と信頼によって結ばれているのではなく、世間的な体裁や経済的な利害、不安感といった部分でつながっている。

もっというなら、自分が安定するための道具として利用する関係であり、似た者同士の共依存の関係だともいえるでしょう。

コミュニケーション力とは「間口の広さ」

本来、小説というのは登場人物たちがそれぞれの関係の中で何かしら問題に直面し、そこで葛藤する姿を描くものです。挫折するにしろ乗り越えるにしろ、その過程がストーリーとなることがほとんどですが、この『異類婚姻譚』では、登場人物の葛藤がほとんど見られません。

登場人物それぞれが別の方向を見ていて、リアルなつながりを持たない。このような小説が小説として成り立ち、しかも高い評価を得て芥川賞を受賞するというところに、今の私たちの社会の現実があるのだと思います。

小説や芸術作品は、ときに時代と社会の空気や病理をいち早くつかみとり、私たちの前に提示します。鋭敏な作者の感性は私たちが気づいていない、あるいは感じていても言語化できない現実や問題をキャッチし、作品にまとめます。

フィクションとして多少デフォルメされ象徴化されているとはいえ、その世界は現実社会の本質を突いているのです。本来なら小説として成り立たないテーマを扱いながら、作品として大きな評価を得ているのは、この小説がそのような意味で今の社会の本質を描き、先見性にあふれているからでしょう。

小説やノンフィクションを読むということは、このように社会と時代を読み解くためのヒントを得ることができるということでもあります。私たちが気がついていない問題点、意識化できていないことに対して、新たな認識を得るきっかけになるのです。

とはいえ、現実を問題視するあまり、時代の空気に過剰反応するのもどうかと思います。少し人と会話するのが苦手だと、「あいつはコミュ障（コミュニケーション障害）だから」などと、簡単に決めつけてしまう風潮があります。

すると、「自分はコミュニケーションが苦手なんだ」と思い込んで、かえって神経質になってしまう人も少なくありません。実は私自身、それほどコミュニケーションが得意だとは思っていません。むしろ一人になりたいことも多く、人と会うのが面倒に感じるときもあります。

年をとったせいなのか、この傾向は最近顕著で、特に初対面の人と会って新たな人間関係を築くのが面倒になってきました。一種のうつ病なのかと疑ったことさえあります。幸いなことに、専門家に見てもらうと精神的なものではなく、肉体的な疲れが原因だということでしたが。

いずれにしても、「しっかりコミュニケーションをとらなければ」という強迫観念から、無理をするのはよくありません。そのストレスで疲れてしまったり、うつ病になってしまったりしては本末転倒です。

書店には〝コミュニケーション力を高める本〟がたくさん出ています。もちろんそれらを参考にしたり、きっかけにしたりするのはいいとしても、あまり神経質に考えすぎては逆効果です。

会話を盛り上げ、続けるためのテクニックもときにはいいでしょうが、あまり策に走りすぎても、かえってぎこちなくなってしまう。

コミュニケーション力とは何か、コミュニケーション力の高い人とはどういう人かといえば、小手先の会話術ではなく、間口の広さだと私は考えます。相手を認め、受け入れる間口の広さ。このことがコミュニケーション力の基本であり、コミュニケーション力の高い人の特徴なのでしょう。

それはどこから生まれるかといえば、「教養」だとしかいえません。人にはさまざまな価値観や考え方、生き方がある。自分の考えを持つと同時に、世の中には多くの価値観と考え方があることを知っていること。

それには結局、当たり前のようですが、たくさんの本を読むことです。ネットや雑誌を読むのもいいですが、古今東西の良書、特に小説を読むことだと思います。古典以外でも、先に挙げた二つの小説のような現代作家の作品は時代と社会を鋭く反映しているだけに、大いに参考になるでしょう。

『火花』又吉直樹／文藝春秋

この一文

「僕は永遠に誰にもおもねることの出来ない人間で、神谷さんは、おもねる器量はあるが、それを選択しない人だったのだ。両者には絶対的な差があった」

主人公の徳永が、先輩・神谷との違いを決定的に感じる場面。ここでマジョリティの神谷と、マイノリティの徳永という二人の立場がはっきりするが、その対立と葛藤を経て両者が変化していく。

『異類婚姻譚』本谷有希子／講談社

この一文

「相手の思考や、相手の趣味、相手の言動がいつのまにか自分のそれにとって代わり、もともとそういう自分であったかのように振る舞っていることに気づくたび、いつも、ぞっとした」

顔がズレていく夫を見つつ、主人公の女性は自分も夫に顔が似てくる怖さを感じる。愛しているわけでもないのに表情や考え方が似てくるのは、もしかするとそれが一番ラクだから。夫婦の持つ根源的な病理を表現している。

第2章

愛することについて

『腑抜けども、悲しみの愛を見せろ』

本谷有希子／講談社文庫

容姿が美しい姉の澄伽は学生時代から自分を特別な存在だと認識し、女優を目指している。妹の清深はそんな姉の日記をこっそり読み、姉が女優の勉強をするため、体を売ってお金を稼いでいることを知る。それを漫画にして投稿したところ雑誌に掲載され、村人に知れ渡ってしまう。故郷にいられず東京で女優を目指す澄伽。しかし両親の交通事故死で地元に戻ってきたところから、澄伽の復讐が始まるが……。

『伊藤くんA to E』

柚木麻子／幻冬舎文庫

主人公の伊藤誠二郎は父親の経営する学習塾で講師を務めながら、シナリオライターを目指す。ハンサムでボンボンの主人公をとり巻く5人の女性それぞれの視点で、主人公の性格が浮き彫りに。「人生で最も大切なのは、傷つかないこと」を標榜し、自己愛が肥大化した主人公は、傷つく前に相手を傷つけたり、好きになった相手にストーカー行為を繰り返したり……。幼児性を抱えたまま社会を生きる人が描かれる。

自己愛人間を見抜く方法

雑誌の企画で人生相談を受けることがありますが、そこで感じるのが、うまく恋愛関係をつくれない人が多いことです。たとえばある男性相談者は、何年も思い続けた女性がいたのにほかの男性と関係ができてしまい、裏切られたように感じるというのです。

裏切られるというのは、お互いにある程度の関係性ができていることが前提です。実は、相談者はすでにその女性に告白してフラれている。二人には男女としての関係が成り立っていないのですから、彼女がどんな男とつき合おうが自由なはずです。

自分勝手にお互いの関係が成り立っているという前提に立つ。これこそがストーカーの論理です。そこには、自分が好きな相手は当然自分のことも好きだ、という傲慢な思い込みがあります。

このような一方的な理屈がどこから生まれるかというと、未熟な精神構造であり過剰な自己愛です。たとえば、赤ん坊は泣くことによって自分の願望や希望を親に伝えます。親は子どもが何を欲しているのかを予測し、願望を満たしてやろうとします。

未熟な子どもには、自分の願望を満たしてくれる親が必要です。その意味で赤ちゃんは王様です。この王様気分を残したまま大人になってしまう人がいるのです。

「自分は特別な存在で、自分には他人と違った優れた力がある」「物事は自分の思い通りになる」。何の根拠もないのにそう信じて疑わない、客観的にものを見ることができない「困ったちゃん」が誕生することになります。

実は今、この「困ったちゃん」が増えているのです。自己愛が病的に強いケースを「自己愛性パーソナリティ障害」と呼びますが、男女の恋愛はもちろん、まっとうに人間関係が築けない人が増えているのは、このような自己愛型人間が増えていることが大いに関係していると私は見ています。

自己愛型人間は自分の都合をすべてに優先させます。他者の存在は希薄で、関心があるのは自分のことがほとんど。一応他人とつき合いますが、心の通った信頼関係や友情を築くことはできません。他者と関係を結ぶのは自分にとって都合がよく、何らかの利益がある場合に限り、それがなくなると冷たく関係を切ってしまいます。

男女の恋愛に関しても、自己愛が強い相手と関係を持つと多くの場合はつらく不幸な結末になります。その相手はたんに肉欲や金銭欲といった自分のエゴでしかこちらを見ていません。そういう相手にハマると、結局身も心もボロボロになり、利用価値がなくなれば捨てられるのがオチです。

恋愛相談を受けた場合、私はまず相談者とその相手がはたして自己愛型人間なのか、その度合いがどれくらいなのかを探ります。そして相談者が真面目な人間で、その相手が自己愛の過剰な人物であると判断したら、私は別れることを勧めます。

逆に相談者が自己愛の強い人物なら、自分の自己愛の強さと、傲慢なやり方に気づくようアドバイスします（ただし、この場合はなかなか伝わりにくいですが……）。

今つき合っている相手が自己愛型人間かどうかを見極めるにはどうしたらいいか？　それは、自分が本当に困って助けがほしくて相談したときに、相手がどのように反応するのかを見ればわかります。

あなたを愛している人、成熟した人なら、真剣に耳を傾け、解決に向けて力を貸そうとするはずです。自己愛型人間は自分の都合が最優先ですから、できるだけ面倒なことには巻き込まれないよう、逃げを打とうとします。

ある女性がつき合っている男性に子宮がんになったことを告げたところ、「それは俺のせいじゃないよな？」という言葉を残して、以後電話にも出なくなり姿をくらましたそうです。パートナーが最大のピンチ、危機的状況に置かれているにもかかわらず、ひとかけらの優しさもない。それどころか自分に何か面倒や責任が降りかかってこないよう、ひたすら逃げる……。この男性は自己愛型人間の最たるものだといえます。

仕事だろうとプライベートだろうと、自己愛が強い相手とつき合うことには危険が多いもの。それが恋愛関係ともなると、本当に深刻な傷を負いかねません。

また、あなた自身の自己愛が強い場合は、知らず知らずのうちに相手を傷つけてしまっている可能性があります。自分にしても相手にしても、自己愛がどの程度強いのかを可能な限り客観的に把握しておくことが大切です。

幼少期の環境が大きく影響する

ここで自己愛型人間の特徴と性質について見てみましょう。アメリカ精神医学会が発表した「精神障害の診断と統計マニュアル」(DSM-IV-TR)によると、自己愛性パーソナリティ障害の人物の特徴として、以下の点が挙げられています。

1. 自分が重要であるという誇大な感覚（例：業績や才能を誇張する、十分な業績がないにもかかわらず優れていると認められることを期待する）。
2. 限りない成功、権力、才気、美しさ、あるいは理想的な愛の空想にとらわれている。
3. 自分が〝特別〟であり、独特であり、ほかの特別な、または地位の高い人たち（または団体）だけが理解し得る、または関係があるべきだ、と信じている。
4. 過剰な賛美を求める。
5. 特権意識（つまり、特別有利なとり計らい、または自分が期待すれば相手が自動的に従うことを理由もなく期待する）。
6. 対人関係で相手を不当に利用する（すなわち、自分自身の目的を達成するために他人を利用する）。
7. 共感の欠如：他人の気持ちおよび欲求を認識しようとしない、またはそれに気づこうとしない。
8. しばしば他人に嫉妬する、または他人が自分に嫉妬していると思い込む。
9. 尊大で傲慢な行動、または態度。

以上の9つのうち、5つ以上当てはまれば自己愛性パーソナリティ障害と診断されます。自分や自分の周りの人を思い起こしてみてください。5つ以上該当するような自己愛性パーソナリティ障害の人がいるかもしれません。

このような障害を持つに至るには、どのような環境や因子が関係しているのでしょうか。決定的なのが幼少期の環境であり、両親との関係だといわれています。

一つは親が厳格であり、常に否定され認められることがなかった場合。親の愛情を受けたという実感が乏しく、なかには虐待などを受けてまったく親に対する信頼感や愛情を持てない場合に、このような障害を発症しやすいとされています。

興味深いことに、逆に過剰な愛情をかけられた場合も障害を発症することがあるのです。過保護で過干渉を受け、小さいころから特別扱いされてチヤホヤされる。ほとんど叱られたことがない。このように大切にされすぎて育った人の中にも、自己愛性パーソナリティ障害になる人がいるのです。

いずれの場合も、バランスを欠いた育てられ方をしたために、人格がまっとうに成熟することなく歪んだまま成長してしまう。後者の場合は一見愛情を受けているようですが、本当に子どもの成長を願う親であれば、ときには厳しく叱る場面もあるはずです。

一見愛情に見える優しさには、実はいろんな病理が形を変えて出てきていることもあります。子どもに対する過度の称賛や期待は、自分の劣等感の埋め合わせや見栄、虚栄心を満たすためなのかもしれません。

子どもを叱らないのは、嫌われたくないという弱さだったり、子どもに対する何らかの引け目からバランスをとろうとしているズルさかもしれない。親自身の自己弁護、自己愛から子どもをたんに甘やかしているだけの場合が少なくありません。

結局、本来受けるべきまっとうな親の愛が不足しているため、本質的なところで自分に対して自信がない。無意識の中に大きな不安感を抱えているのが、自己愛型人間の特徴だといっていいでしょう。

どのようにつき合うのがいいか

自己愛型の人間、その極端な形態である自己愛性パーソナリティ障害者は、実は自分を本当の意味で受け入れ、愛することができない人です。この一見パラドックスのような事実の中にこそ、この障害の本質的な問題が潜んでいます。

実は彼らが自分を特別な人間だと思い込み、称賛を求める裏側には、それくらい強く思い込まなければならないほどの自己評価の低さがあるのです。ただし、それは無意識でのこと。意識上では、この人たちは本気で自分が特別な存在だと思い込んでいます。

ですから、この思い込みを揺るがすような事実にはいっさい目を向けようとしません。それすらもうまくいかず、イヤでも現実と向き合わなければいけなくなったとき、この人たちは突如として攻撃的になることがあります。

自分の自己像や自己認識を否定しようとする相手に対して、自己愛性パーソナリティ障害の人たちは手段を選びません。激しく抵抗し、非難し、ときには根も葉もない噂を周囲にまき散らしたりしてまで、相手の人格を否定しようと躍起になります。無意識下にしまっている自己評価の低さや弱さを、彼らは絶対に認めたり向き合ったりはしません。

客観的事実に向き合うことで自分が傷つくくらいなら、その危険を与える対象を抹殺することのほうを選びます。自己愛性パーソナリティ障害の相手と恋愛関係になったとき、恐れるべきはまさにこの修羅場です。

たとえばあなたが別れ話を切り出したとき、突然人格が変わったように怒り狂い、暴力的になる。命の危険を感じるほどの暴力や恫喝で屈服させようとするかもしれません。

あるいは、まったく思いもよらないつくり話を吹聴され、周囲の人たちの不条理な批判にさらされてしまうこともあります。これが職場で起きてしまったら災難以外の何物でもありません。

職場の上司にストーカーのようにいい寄られ、何とかやんわり断ったと思ったら、今度は身に覚えのない罪や悪口をいいふらされ、職場にいづらくなってしまう……。こうした不条理は日常のそこかしこで起こっています。

男女の関係に限らず、自己愛性パーソナリティ障害の人物にかかわってしまうと、多くのものを失う可能性があります。あの人たちの自信は非常に脆弱で不安定なものであり、本来の自己像から目を背けることでつくられた欺瞞の自己像、偽りの人格です。それゆえ彼らの言動は必然的に虚偽に満ちたものになりがちです。

まるで息をするように、口からは自然にウソやつくり話が飛び出すことがあります。詐欺師のほとんどが、自己愛性パーソナリティ障害なのかもしれません。

家族の愛憎劇を描いた傑作

自己愛型の人間が増えている昨今、私たちは自分自身にそのような傾向があるかどうかをチェックするとともに、危険をもたらしかねない人物を見極め、その危険から身を守る術も持っておかねばなりません。

その参考になるのが、本谷有希子さんの小説『腑抜けども、悲しみの愛を見せろ』（講談社文庫）です。派手で行動的な姉の澄伽と、対照的に地味で内省的な妹の清深。二人の姉妹の確執を中心にストーリーは展開していきます。美しい容姿を誇り、女優を目指す澄伽は自分のことを特別の存在だと疑いません。いわゆる典型的な自己愛性パーソナリティの持ち主なのですが、そのくせ演技力はなく、高校の文化祭では思わず同級生たちの失笑を買ってしまうほど。ところが澄伽は落ち込むどころか、自分の容姿と才能にみんなが嫉妬しているからだと都合よく解釈しています。

自分は特別な存在である。他人とは違う。このような思い込みで現実のほうを歪めてしまいます。トラブルや軋轢が生じても、本人はけっして自分が間違っているとは考えません。悪いのは周りであり、自分はいつも被害者です。

本書を読むと、自己愛性パーソナリティ障害を持つ人の思考と行動がよくわかります。両親の突然の事故死で、澄伽は故郷に何年ぶりかで戻ってくるのですが、両親を失ったことの悲しみはほとんど感じられません。それどころか派手な衣装に身をつつみ、女優の卵であることを周囲に誇示するかのように振る舞います。通常の人間的な感情や情操に乏しいのがこの障害の特徴の一つです。

自分が否定されると人格が変わったように激昂する場面も印象的です。その昔、澄伽が女優を目指して専門学校に進みたいといったとき父親が反対するのですが、自分を否定された澄伽は激昂します。

「……親は子供のために苦労するものじゃない！　親なら子供の願いを叶えてあげるために頑張るものでしょッ？」「さっきの言葉、訂正しなさいよ！」と、刃物を振りかざして父親を追いかけ回すのです。

また、腹違いの兄がいるのですが、この兄は澄伽の言いなりで、澄伽の自尊心を保つための道具のように使われます。兄は結婚していて奥さんがいるのですが、澄伽とは肉体関係があり、それによって澄伽は兄を支配しようとします。

これも自己愛性パーソナリティ障害の人の典型的な特徴の一つ。周囲の人間はすべて、自分の自尊心と虚栄心を満足させるための道具でしかありません。ときには手段を選ばず、冷徹に人をコントロールしようとします。

姉と対照的な存在として描かれているのが妹の清深です。小さいころから派手な姉の陰に隠れながらも、冷静に姉の考え方や生き方を分析します。

「現実が姉を呑み込むか、姉が現実を取り込むか」

この結末を見届けることが自分の役割だと認識する清深は、常に客観的に姉を分析し、最後は姉を追い詰めていきます。

あまり詳細を語ると小説を読む楽しみの妨げになるのでこれ以上は説明しませんが、姉が妄想のなかに生きているとしたら、妹はリアリティの中に生きる代表的存在。二人は最初からぶつかる運命にあったのです。

あなたの周りにもいる自己愛型人間

パーソナリティ障害とまではいかなくても、自己愛が強い性格の人はますます多くなっています。それは、私たちの社会のさまざまな場面で形を変えて見られます。たとえば、クレーマーも自己愛性向の一つの表れだといえます。

自分はまっとうなサービスを受ける権利があるのに、それが侵害されたとすぐにキレる。自分勝手な理屈をつくり上げて相手を攻撃するのです。

モンスターペアレントの存在が話題になりますが、自己愛の強い人がそのまま親になって、教師や周囲の人に攻撃性を発揮しているだけのケースも多いのではないでしょうか。

会社にも自己愛型人間はたくさんいるはずです。

たとえばいい年をして、「自分はこんな会社でくすぶっている人間じゃない」と愚痴をこぼす上司。少し注意したり叱ったりすると突然キレたり、逆にふさぎ込んでしまう部下。いずれも自分に対する本質的な自信がなく、それを埋め合わせるために不自然に自己評価が高い。自分は本来こんな人間ではなく、本来の力が発揮できないのは周囲のせいだ――。こういう人たちも、広い意味で自己愛型人間だと考えられます。

根拠のない自信家ほど、仕事の現場で面倒な人たちはいません。外務省にいたころ、ある部下が漁業交渉の通訳をさせてくれと自信たっぷりにいうので任せたところ、ロシア語の専門用語が理解できずしどろもどろになり、なんとその場で泣き出してしまいました。

学生時代から〝偏差値秀才〟で、挫折体験のない霞が関のエリート官僚にこの手の自己愛型パーソナリティが多い。こういう人たちは、いわば大きな赤ん坊です。赤ん坊は泣けば親がすべて面倒を見てくれます。自ら通訳を志願しておいて、いざうまくいかなくなったら泣き出してしまう。そこにあるのは根拠のない全能感と思い込み、そしていざとなると周囲に責任を押しつけようとする弱さとズルさです。

自分の力を客観視できず、ヤル気だけが先行している自己愛型人間に仕事を任せるのは非常に危険です。能力がなくてヤル気がある人間と、能力もヤル気もない人間のどちらかと仕事をしなければならないとしたら、私は迷わず後者を選択します。

能力がないのにヤル気だけがある人は、先走ってとんでもない不始末や失態をしでかす可能性がある。事後処理にはとてつもないエネルギーと貴重な時間が奪われます。

自己愛が異常に強い人物には極力近づくな、というのが私の持論です。相手が部下なら、少し注意しただけなのに根に持たれてパワハラで訴えられたり、落ち込んで会社を休んだり……。社内で腫れもののように扱われているケースも多いのではないでしょうか。

SNSは〝自己承認ツール〟

SNSなどのネット環境も自己愛型人間を増殖させる温床になっています。自分の近況をアップしては、幸せで有意義な生活を送っているとアピールする。そこで「いいね」をたくさん押してもらうことで認められ、称賛されていることを確認して満足する——。

自己愛型人間にとって、これほど都合のいいコミュニケーションツールはありません。同時に、こういうツールが自己愛型人間を増殖させることにもなっていると考えます。

また、最近は〝陰謀論〟がやたらと目につくように感じます。

一部の組織が地震兵器やウイルスで世界を支配しようとしているとか、不当な薬品が販売されて日本人全体が実験台のモルモットになっているとか。そこまでいくともはや妄想に近い。

誇大妄想や被害妄想も自己愛型人間の特徴です。自分を中心に世の中のすべてを解釈するので、少しでも思い通りにことが運ばないと、誰かのせいで自分が割を食っている、不当な扱いを受けていると考えがちなのです。

客観的に考えればバランスを欠いたおかしな意見でも、ネット上で一部少数の人間たちに支持されると、自分は正しいと思い込んでしまう。そのやりとりのなかで、次第に意見が先鋭化するのでしょう。

自分の意見が少数派であり、一般的な意見とズレがあると気づくために一番必要なものは何か。それはネットの交友関係ではなく、リアルな人間関係、特に友人関係です。

気のおけない友人同士なら、あなたが極端な意見や考えを述べたときに、「お前、それは極論だ」とか、「最近、少しおかしいよ」と指摘してくれるはずです。それによって、フッと冷静になるチャンスをつかむことができます。

傷つく前に相手を傷つける

自己愛の強い人間がどんな恋愛をするか、どんな人間関係を築くのかということをリアルに描いたのが、柚木麻子さんの『伊藤くんＡ ｔｏ Ｅ』（幻冬舎文庫）です。

主人公の伊藤誠二郎は名門大学を卒業し、父親の経営する学習塾で講師を務めながら、シナリオライターを目指す若者です。ハンサムでお坊ちゃん。夢は大きいけど現実はパラサイト。といえば、どんな人物かだいたい想像できるでしょう。

今は実力も経済力もないけど、自分には才能があり何者かの人物になれると主人公は信じています。自己愛が非常に強くて、負けることや人に傷つけられることを極端に嫌います。同時に自分が否定されると極端に落ち込んだり、逆切れしたりする。

主人公は、シナリオライターの勉強会に参加していますが、一向に自分の作品を発表しようとしません。作品をつくれば他人の目にさらされ、評価されることになります。ダメ出しされて傷つくくらいなら、いつまでも〝評価なし〟でいたいのです。

自分には才能があるが、まだ実力を発揮していないだけだと言い訳をする。そして人生で最も重要なことは「誰からも傷つけられないこと」だと言いきります。

本書では、こういう人がどんな恋愛をするかということも描いています。主人公と関係する5人の女性それぞれから見た主人公の姿が、それぞれの目線で浮き彫りになります。構成の妙とあいまって、自己愛と自意識の肥大化した男性が自分のエゴで女性を傷つけていく過程がリアルです。

そもそも、傷つくことを極度に恐れていてはまっとうな恋愛はできません。自己愛が過剰な人全般にいえるのは、自分が傷つく前に相手を傷つけようとすること。

すでに述べたように、自己愛過剰な人は潜在的に自分に自信がありません。ですから、相手から強く好意を示されると、喜ぶより先に、それに応えられるかどうか不安になってしまうのです。

そして満足に応えられない自分を認めることがイヤなので、相手の好意を素直に受け入れられません。また、その実像を知られると相手から非難されたりバカにされ傷つけられるのではないかと恐れます。

もちろん、これらのことは意識上ではまったく感知されていません。ですから、「自分はまったく興味がない」と冷酷に相手を無視したり、さまざまな理由をつけて相手の欠点を探り出し、自分にふさわしい相手ではないと合理化しようとします。

あるいは相手より優位に立つためにわざと傲慢に振る舞ったり、強気な態度に出て相手を支配しようとします。自分が傷つけられない関係に持っていこうとするのです。

目立たない男性ならいざしらず、主人公のようにお金持ちのボンボンで容姿もいいとなると女性が寄ってくる。こうなると被害は甚大です。傷つけられる女性が後を絶たず、その被害も深刻なものになります。

不毛な自己愛型人間の恋愛

そうやって冷たい態度をとり、正面から相手と向き合おうとしないにもかかわらず、相手が離れていこうとすると激しい怒りをあらわにする――。これも、この手の自己愛型人間の特徴です。

自己愛型人間は他者からの限りない称賛を得ることを何よりも欲します。好意を持って近づいてきた相手に、ある一線から内側に踏み込ませないようバリアを張るだけでなく、そこから離れようとする人間には不満や怒りなどの感情を爆発させたりするのです。

それまで強気で冷淡だった人物が突然気弱になったり、激しい感情をあらわにしたりするので、まるで相手が弱みをさらけ出してくれたように錯覚し、母性本能をくすぐられ許してしまう女性も多いのです。

自己愛が強い相手との恋愛は、アリ地獄のような関係に陥ってしまうことがよくあります。気がついたときはすっかり深みにハマり、抜け出すには大きな犠牲と労力が必要になってしまうのです。

主人公の伊藤くんの行動は、まさにこうした自己愛型パーソナリティの恋愛行動に典型的な特徴がすべて表れています。最初のブティック店員の島原智美に対しては、経済力もあり自立している彼女に対するコンプレックスから、彼女自身をことごとく否定し、貶めて自信を失わせようとします。それでも離れていかない彼女に対しては、一線を画しながらも常に自分が優位な立場でつき合おうとします。

次の野瀬修子に対しては、逆に一方的に自分の好意を押しつけます。修子は智美とは反対にボーイッシュで、大人の女性の色気をまったく感じさせないタイプ。成熟した感じがしないところが、むしろ主人公のような自己愛型の男性には気が楽なのでしょう。

ところが、そういう相手ほど男性の自己愛の強さを鋭敏に嗅ぎ分け、生理的に受けつけません。修子にとって、伊藤くんはキザで気持ちの悪いボンボンにしか見えないのです。最初から完全に拒絶されているにもかかわらず、主人公は修子が自分に対して好意を持っていると信じて疑いません。すべてを都合のいいように解釈して、けっして相手から拒絶されているという事実を認めようとしないのです。

ちなみに本作の登場人物は主人公の伊藤くんだけでなく、5人の女性全員が何かしらの心の欠落を抱えています。伊藤くんと同じように自己愛が強く、現実を客観的に捉えることが苦手な人ばかりです。

主人公はシナリオライターを目指して、師匠である矢崎莉桜さんの勉強会に参加しますが、最初に触れたように彼自身は自分の作品を世に出そうとしません。それを見守る莉桜自身もかつてこそ一世を風靡した売れっ子作家だったものの、今はすっかり流行から遠くなってしまった「過去の人」になり果てています。

そのような人物にとって、シナリオライターを目指して集まる未熟な若者たちは格好の収入源であり、自己肯定感を高める相手でもあります。特に主人公のように、いつまでたっても作品をつくろうとせず、モラトリアムを続ける生徒は、一番のお得意様なのです。彼女は主人公をけっして否定せず、追い詰めることもせず、生殺しのような状態で自分の周りに置いておくことで安心感と優越感を見出そうとします。彼女もまた、主人公と同根の自己愛型人間なのです。

最後のシーンはそのような自己愛型人間同士の醜い罵倒、修羅場の連続になります。そのような激しいやりとりについ引き込まれながらも、同時に気持ちが滅入りそうな虚無感もあります。自己愛型人間同士のエゴむき出しの人間関係のなれの果て、不毛な結末が描かれているためです。

人が成長し成熟するには、現実の社会の中である程度揉まれることが必要。そこで自分の能力を客観的に知ることができるし、特別な存在ではないことがわかります。他者の存在を意識し尊重することが成長と成熟の最初の段階です。

不条理に対する耐性も必要

私の社会人生活は外務省から始まりましたが、最初にさまざまな雑用を教えられました。

朝8時半に役所に出てから深夜3時まで、何でこんなことをしなければいけないのか？と思う仕事がたくさんあった。

上司に大量の資料のコピーを今晩中にとっておけといわれ、ひたすらやったら「コピーはもう不要になったから全部シュレッダーにかけろ」と命じられたのです。

頭にきて機械を蹴りながらシュレッダーにかけていたら、先輩が来て「そんなに怒るなよ。こういうことにも意味があるから」。どういう意味かと聞いたら、「根性がつく」というのです。そのときはまったく理解できませんでした。

しかし、外務省などの国家公務員は、学生時代は成績優秀で挫折を知らないエリートが多いものですが、お役所はそれこそ伏魔殿で、理不尽なこともイヤなこともたくさんある。そういうことに対する精神的な耐性がなければ、結局は続かないのです。

入省して最初の1、2年でわざと理不尽なことをさせて、ふるいにかけるという意味があったのでしょう。だから一人前になったとみなされると、そのような扱いはいっさいなくなります。

合わない人が無理をして続けられるような仕事ではありません。だとしたら、早めに適性がないことを自覚させ別の仕事に向かわせたほうが、本人のためにもなるのです。

ただ、そうした不条理な仕事がたんに上の人間のストレス発散のためだけに行われていたり、会社自体がブラック企業で、下の人間を徹底的に酷使しているような会社であれば、耐えていてもけっしていいことはありません。

判断のポイントは、まっとうに職務をこなしながら、充実した生活が送れている上司や先輩がいるかどうか。そんな先輩が一人もいない、上にいくほど疲弊していて目が死んでいるような人ばかりなら、すぐに別の職場を探すことをおすすめします。

ブラック企業では活躍することも

そうしてふるいにかけたにもかかわらず、先述した通訳ができず泣き出した部下のように、自己愛型の人物が残っている場合もあります。

私が上司だったときは、能力がないのにプライドやヤル気だけが高い自己愛型人物は、うまく手を回してほかの部署に行ってもらうようにしていました。

というのも、インテリジェンスの仕事はチームの一人が下手を打てば全体が大変なダメージを被ってしまう。国益を大きく損なってしまう可能性すらあるのです。

仕事には足し算の仕事と掛け算の仕事があります。単純労働などの足し算の仕事では、ある人の仕事がマイナスだとその分が全体からマイナスされるだけで、その分の労働力を補充すれば埋め合わせることができます。

一方、チーム全体が協力してプロジェクトを達成するような高度に集約的な仕事になると、一人の失敗で全体がゼロになってしまう可能性がある。これが掛け算の仕事です。今の時代は仕事自体が複雑化、高度化しているので、足し算の仕事より掛け算の仕事のほうが多くなっているはずです。

もしあなたが部課長クラスなら、まず自分の部署やチームを最優先に考える。義侠心で問題社員を何とかしてやろうなどと抱え込むのは命とりになると考えてください。そういう人物をどうするかは、部課長より上の本部長や役員クラスの仕事です。

怖いのは、新自由主義的な今の社会と自己愛的人格が適合する部分があること。ひたすら手段を選ばず営業成績だけを追い求めるブラック企業には、他者を道具として利用することに良心の呵責もためらいもない自己愛型人間が適合しがちなのです。

グローバリゼーションが進み、企業間の競争が激しくなるほど自己愛型人間が活躍しやすくなり、それに適合する形で自己愛型人間が増産される。経営側も、彼らの自己愛を満たすように評価体系や人事体系を組むでしょう。

ただし、自己愛型の人が長く社会で活躍することは難しいかもしれません。いずれ力が衰えれば、彼ら自身も冷酷な会社から切り捨てられます。それまで思うがままに仕事をしてきた人物をサポートしてくれる人はほとんど現れないでしょう。

一般的にいえば、主人公の伊藤くんのような人物は、これからの時代を生き抜くことは難しい。経済が右肩上がりの時代なら会社も面倒を見ることができたかもしれませんが、経済が縮小していく時代にそんな余裕はどこにもないのです。

ストーリーでは主人公は父親の経営する塾の講師として働いていますが、実際、こういう形でしかこのような人物が生き残るのは難しいでしょう。

〝正しい自己愛〟と〝間違った自己愛〟

実は誰もが、自己愛の罠に陥る危険があります。しかし、本を読んで疑似体験することで自分の危うさに気づいたり、友人の言葉に我に返ったりして軌道修正することはできるはずです。

そもそも自己愛は危険なもの、不要なものなのでしょうか？

「隣人を自分と同じように愛せ」とイエスはいいます。自分を愛せない人間は他人を愛せない。自己愛自体が悪いのではなく、間違った愛し方をしてしまうのが問題であり、この境目が微妙なのです。

間違った自己愛とは何か？「理想の自分」というものがあり、がむしゃらにそれに近づこうとしたり、現実をねじ曲げて自分は理想的な存在だと思い込むが、無意識では自分の欺瞞に気づいている。自分を愛しているようで愛していない。つまり、潜在的な自己否定が根底にあるのが、間違った自己愛だと解釈できます。

本来の自己愛とは、あるがままの自分を受け入れ、認めること。今の自分に足りない能力があればそれを客観的に認識して、それを身につけるための努力をする。しかし、足りていない自分を根本的に否定してはいません。やがて成長し成熟していく自分を見渡す視野の広さと余裕があるといえるでしょう。そうなると、今の自分に固執する必要がない。無理に現実を歪めてまで、現在の自分を愛する必要がないのです。

逆説のようですが、真の自己愛は自己から離れるところにあると考えられます。エゴから離れ、自分に対するとらわれから自由になること。そして目線を他者に向けること。

「受けるよりは与える方が幸いである」（使徒言行録20章35節）というイエスの言葉が、そのことを端的に言い表しているのではないでしょうか？　与えることで相手を喜ばせ、その喜びを自分のものとして感じることが一番幸せであり、自分に対する肯定感をつくる力になるのです。

もちろん私たちは聖人君子ではないので、自分のすべてを捨てることは不可能です。でも、相手のことを少し思いやって言葉をかけるとか、相手のいいところを指摘してあげるとか、ちょっとしたことならできるでしょう。

ささやかでも、目の前の人と喜びや楽しみを共有できる実感があれば、それはいつしか自分への大きな肯定感や安心感となって返ってきます。それが己自身を愛することであり、他人を愛することにつながります。

『腑抜けども、悲しみの愛を見せろ』
本谷有希子／講談社文庫

この一文

「現実が姉を呑み込むか、姉が現実を取り込むか。自分でもどちらに勝ってほしいのかよく分からなかったが、その行方を見逃すわけにはいかないという思いだけは確かだった」

自己愛が肥大化して夢見がちな人物は、現実から目を背け、都合よく曲解して自分を守る。姉の澄伽の自己愛が現実とどう決着をつけるか？　妹の清深の興味はその一点に注がれる。冷たい観察眼の清深のほうがむしろ恐ろしい。

『伊藤くんA to E』柚木麻子／幻冬舎文庫

この一文

「楽しいより、充実感を得るより、金を稼ぐより、傷つけられない方が本当は重要なんですよ」…「そんな生き方、楽しいの？　なんか死んでるのと同じ感じがするよ……」

傷つくことを避け、もはや何者とも向き合わず争わないことを宣言する主人公。絶対に負けないために自分の世界の中に引きこもる……。そのような人からすれば、世間に揉まれ苦しむ人々のほうが滑稽に見えてくるのだろう。

第3章

信念を貫く生き方について

『沈黙』

遠藤周作／新潮文庫

江戸時代初期の日本。宣教師フェレイラ教父が拷問を受けたあげく棄教した……。母国ポルトガルで知らせを受けたロドリゴは、ほかの宣教師たちとともに、キリシタン迫害下の日本に出発する。無事到着するが、案内人のキチジローの裏切りで役人に捕まる。日本人信徒に加えられる残忍な拷問、殉教者のうめき声……。極限の葛藤状態で棄教を迫られるロドリゴの迷いを通して、信念を貫くことの難しさを考えさせられる。

『塩狩峠』

三浦綾子／新潮文庫

主人公の永野信夫は、父と離婚していた母との生活を始めるが、キリスト教信者の母に違和感を覚える。学校を出ると、親友の吉川の誘いで北海道の鉄道会社に勤務。吉川の妹で、結核を患っているふじ子にひかれ、信夫もキリスト教信者となる。ふじ子と結婚を約束し結納のため札幌に向かう途中、列車が塩狩峠に差しかかったとき、機関車との連結が外れ客車が暴走、信夫はとっさに線路に身を投げ客車は停止する。

戦後日本を支配する三大原則

信念を持つことや、信念を貫いて生きることには価値があると考えられています。しかし、一概にそう言いきれるかどうか。

終戦直後の食糧難のとき、ヤミ米を拒否して配給食糧だけを食べ続け、結局は栄養失調で死亡してしまった山口良忠という裁判官がいました。

ヤミ米を裁く立場にいながら、自らヤミ米を食べるわけにはいかない。当時も職業的良心に殉じた生き方に称賛の声が上がる一方で、自らの命を犠牲にしてまで守るべきことなのかどうか、疑問に感じた人が多かったようです。

どちらの生き方が正解か、一言で言いきることはできません。状況や考え方によって、それぞれが結論を導く以外にない。そういう種類の問題を突きつけられる場面が人生には往々にしてあるのです。

戦後、日本人は三つの原理に立脚していると考えられます。

一つが「生命至上主義」。命より大切なものはないという考え方です。二つ目が、物事を合理的に捉え行動するという「合理主義」。三つ目が、個性や個人の生き方を尊重し、集団や組織の論理で個を犠牲にする生き方をよしとしない「個人主義」です。

戦後日本の社会、経済、文化は、いずれもこの三つの原理に立脚して復興、発展を遂げてきました。この原則に当てはめてみると、今の世の中で起きているいろいろな事象が、どういう位置づけになるかが明確になります。

先ほどの裁判官のケースは、自分の命を犠牲にしたのですから、明らかに「生命至上主義」からも、「合理主義」からも外れています。そして、自分の都合がよければいいという「個人主義」からも外れています。つまり、戦後の価値観とはまったく別の次元の生き方を選択したからこそ賛否両論が巻き起こったわけです。

言わずもがなですが、戦前、戦中はこの三大原理はまったく重視されていません。天皇陛下を現人神（あらひとがみ）とあがめ、多くの日本人がお国のために命を捧げた時代。若者が特攻で敵艦に体当たりする作戦など、この三つの原理のいずれからも生まれてきようがありません。

信念を貫くという生き方は一見格好いいのですが、実は戦後の日本人の立脚点である三つの原則から大きく外れる生き方をすることにもつながるのです。逆にいうなら、今の時代、信念を持ち続け、それを貫く生き方は難しい。

簡単に「信念を持って生きるべき」だとはいえないのです。

長いものには巻かれるべき

たとえばあなたが営業マンだとして、上司に今月の売り上げ目標を必ず達成するよう命じられたとしましょう。そのためには、多少強引な営業をしなければならない。法律に触れることはないにしても、顧客を言いくるめるように高価な商品を売らなければならないとしたら、あなたならどうしますか？

営業マンとして、自分は顧客にとって本当に役に立つもの、必要なものしか売りたくない。そんな信念がある人は、上司に反抗してがむしゃらな営業を拒否するかもしれません。それで会社ににらまれ左遷させられたり、辞めさせられたりすることもあるでしょう。

一方、会社というのはしょせん営利を追求する組織であると割りきって、上司の要求に応えられるよう営業する人もいるでしょう。子どもや奥さんなど抱えている身であれば、家族のためにと不本意な営業も辞さない人も多いはずです。

私自身は、よほどのことがなければ組織の論理に従います。企業の一従業員として給料をもらって生活しているのだったら、それに従うのは至極当然です。

しかし、社会的に見て明らかに法に抵触する場合や、道義的にどうしても許せない場合はどうでしょう。たとえば上司がある特定の人物に目をつけて、意図的に嫌がらせをしている。その上司のお達しで、周りの社員も全員そのいじめに加われといわれたら——。

上司に対して面と向かって反抗するかどうかは別にして、私自身の良心においては、その命令には従わないでしょう。うまく加担しないように無視するとか、その場にできるだけいないようにするとか。

どこまでが妥協できて、どこからが譲れない部分なのか。ある程度の目安を自分のなかでつくっておくことは必要だと思います。ただし、それは絶対的なものではありません。時と場合、状況と関係性において、フレキシブルに変えられるほうがいいのです。

ある会社で毎年社員旅行があって、なぜか女子は全員ブルマ姿で踊らなければならず、新人の男性は裸踊りをしなければならないというバカらしい慣行があるとします。まったくもって不条理ですが、バカらしいから社員旅行に行かないと言い張るのが得策なのでしょうか。

私なら、頭にはきますがこの程度のことなら折れて従うでしょう。

もちろん人それぞれでしょうが、あまりに原理原則にこだわり、自分の信念を固持して社内の行事や人間関係を拒絶したりすると、変わり者の烙印を押されかねません。

前にも書きましたが、モスクワの日本大使館に勤めていたとき、上司からトイレ掃除を命じられたことがあります。ロシア人の清掃員を雇うのは情報漏洩の観点から難しいとされていて、かといって職員は誰も掃除をしようとしない。そのため、ひどく汚れたトイレでした。

「なぁ、佐藤くん。君はあのトイレ、どう思うかね？」

上司は直接トイレを掃除しろとは命令しません。どう思うか聞きながら、掃除せざるを得ない状況に自然に持っていくのです。当時は私が一番若かったですから、「たしかに汚いですね。自分がやりますよ」と、私が志願した形でやることになったのです。

頭にはきましたが、誰かがやらなきゃいけない。ならば一番若くて、大使館の十分な戦力になっていない自分がやるのは仕方がないと考えていました。

結局、当時駐ソ日本大使館の特命全権公使だった川上隆朗さんがその現状を見て激昂し、会議で外部から清掃員を入れる手配を上手にしてくれました。

長いものには巻かれろという諺には真理があります。特にビジネスパーソンの場合は安定した収入を保証される代わりに、ある程度は自分を抑えて我慢する覚悟が必要です。

思考が硬直化することの危険

信念や理念、理想というのは生きる力になりますが、ときに命や自由を奪う凶器にもなることを知っておくべきです。その悲劇は歴史を遡ればいくらでも出てきます。

「大東亜共栄圏」という理想を掲げて戦った日中戦争から太平洋戦争がそうですし、戦後大きな流れになった共産主義や社会主義などの左翼思想もそうでした。守り貫くべきとされた信念と理想のために、どれだけ多くの血が流れ、命が奪われたか。

また、私たちはＩＳの残虐非道ぶりを激しく非難しますが、彼らは彼らでカリフ帝国（イスラム帝国）の実現という理念と理想のために戦っています。彼らの行動を理解できないのは、私たちの考え方と行動規範が、「生命至上主義」「合理主義」「個人主義」に基づいているからにほかなりません。ＩＳの行動原理はこの三つのいずれにも反しています。

しかし私たち日本人も、つい70年前までは同じようなものだった。そのことを忘れがちです。人間の意識や考え方というのは、時代と状況によって劇的に転換する。私たちはそのことを経験しています。

信念や理念、理想というのは、一見美しく強いものに見えますが、少し様相が変わると、考えられないような不条理で残酷な行為に人を走らせてしまう危険がある。

宗教的な信念や理想を追求すると原理主義に突き当たります。宗教の教義やしきたりに忠実に従うこと。これが神の意志に従うことであり、理想を実現するために必要なことだと考える。人間の思考は、このような原理主義的な方向にいきがちな特性を持っているのかもしれません。

原理に従い、理想を追求するためには手段を選ばない。思考が硬直化したとき、暴力と狂気の世界はすぐそこまできています。本来、信念や理想は人がよりよく生きるための方法であり手段であったはず。それがいつしか逆転して、信念や理想のために命を捨てたり、奪ったりすることになるのです。

ただし、そのことを表層的なヒューマニズムから非難しても、おそらく何も解決しません。人間の心には常にそのような陥穽(かんせい)が組み込まれている。そう考えざるを得ないほどに、私たちの思考様式、行動様式には生命を超えた信念や理想の力が働く場合があるのです。

隠れキリシタンの悲劇を描いた『沈黙』

遠藤周作の『沈黙』（新潮文庫）は、まさに譲れないもの、人間にとっての信念とは何かを問いかける名作です。

ポルトガルの若き司祭であるロドリゴが日本に潜入した理由は二つ。一つはキリシタン禁制が敷かれ統率者を失った日本の信徒たちを励まし導くため。もう一つはかつての恩師であるフェレイラ教父が「穴吊り」の拷問に屈して棄教したという噂を確認するため。

ロドリゴもその仲間たちも長崎の村に潜入することはできたのですが、結局は捕らえられます。信者である村人との密会、仲間の裏切り、奉行所での尋問や裁判のやりとり、そして信徒たちが拷問にかけられるさまは迫力があり、生々しいものがあります。

特に「穴吊り」という拷問はそれまでのどの刑よりも過酷で、棄教する者が続出したといいます。体を簀でくるみ足を縛って逆さにし、穴の中に吊るす。それだけなのですが、頭に血が上ってすぐに絶命するのを避けるため、耳に穴を開けるのです。するとそこから血が滴り出るため、なかなか絶命しない。何時間も極限の苦しみが続くのです。

そんな恐ろしい刑が待っているにもかかわらず、ロドリゴの信念は変わりません。刑に処せられる前夜、恩師だったフェレイラが現れます。真夜中の獄中でロドリゴが官吏のいびきだと思っていた音は、実は穴吊りにされている三人の隠れキリシタンのうめき声だと知らされます。

「お前が転ぶと言えばあの人たちは穴から引き揚げられる。苦しみから救われる。それなのにお前は転ぼうとはせぬ。お前は彼等のために教会を裏切ることが怖ろしいからだ。このわしのように教会の汚点となるのが怖ろしいからだ」

転ぶとは棄教のこと。フェレイラ自身もまさに同じように百姓たちが穴吊りにされ、自分が転ばない限り解放されないという状況に直面したのでした。

「もし基督（キリスト）がここにいられたら……（中略）人々のために、たしかに転んだだろう」

信念とはいったい何でしょうか。一見それは格好いいものですが、もしかすると独りよがりの思い込みやプライドに近いものかもしれません。

ロドリゴはキリストを裏切らないと誓っていますが、実は教会という権威や司祭というプライドを守っているだけだとしたら。フェレイラのいうように、教会から汚点とされることを恐れているだけだとしたら——。

信仰を貫くことより目の前で地獄の苦しみを味わっている人を救うことこそ、真の愛の行為だとフェレイラはいいます。これは転んだ人物の言い訳でも合理化でもない。フェレイラは、地獄の苦しみを味わっている目の前にいる人を救うことこそが、神の、キリストの御心に従うことだというのです。

「愛」は原理原則に縛られない

たしかにイエス自身の行動を見ると、そのような行動原理に沿っていることに気づかされます。当時、ユダヤ教を信奉していた人々の間では、原理主義的な考え方が重視されていました。

パリサイ人と呼ばれる宗教集団では、モーゼの十戒をはじめとする旧約聖書に書かれた律法を忠実に守ることが神の意志に沿うことであり、天国に行くための条件だとされていたのです。十戒には、神が世界をつくったとき7日目に休まれたことから、日曜日を「主の安息日でもあるから、いかなる仕事もしてはならない」という主張がありました。

ですから日曜日に病で倒れて苦しむ人がいても、誰も面倒を見ようとしません。そんな中、一人イエスは病人を癒やしたのです。原理原則に従うことが大切なのではない。苦しんでいる人を助けるのが愛であり、それに沿って行動することが神の意志に沿うことだと主張したのです。

また、ユダヤ教は姦淫を禁じていますが、イエスはそれを犯した人物を必ずしも断罪しません。ある日、姦淫の罪を犯した女が観衆から罵倒され石を投げられていました。イエスは「あなたたちの中で罪を犯したことのない者が、まず、この女に石を投げなさい」と諭したといいます。

パリサイ人のような原理主義者が我が物顔だったときは、罪を犯した者は悪であり、相応の罰が科されるのが当然でした。

しかし、イエスは人間は誰もが迷い、罪を犯す存在であることを知っていました。だからこそ、罪を犯した人を一方的に断罪することはなかったのです。

イエスにとって最も大切なものは「愛」であり、教義でも律法でもない。本来の信仰はその「愛」に従うことであり、それが神の意志に従うことだと主張したのです。このように、原理主義を超えたところで宗教や思想を再構築する動きは、実はキリスト教だけでなく、仏教や儒教も同様だと考えられます。

ブッダは享楽主義や苦行主義という両極端に走りがちな当時の宗教界と袂を分かち、「慈悲」こそ仏の心であると定義しました。孔子は群雄割拠で日々争いの絶えない社会を憂えて、相手を思いやる「仁」を唱えました。

いずれもイエスの「愛」に通じるものがあります。それらは硬直化しがちな教義や理念の世界ではなく、現実の人間関係における血の通った思いやりや優しさという、素朴な感情や感覚に根づいているのです。

宗教や思想が原理主義や教条主義に陥ってしまうと、そこから理念や理想のためには自由や命すらも捨てるという過激な行動原理が生まれてくる。かつての学生運動が理想を掲げながら結局は過激な活動に陥り内ゲバによって自壊したように、またイスラム原理主義を掲げるＩＳがテロリズムに走り、多くの悲劇をつくり出しているように……。

本当に大切なのは宗教理念や教義でも、ましてそれらを信奉する原理主義でもない。

宗教がその陥穽に落ちて閉塞感にあふれているとき、それを人間の素朴な感性の世界に立ち戻らせたのがイエスであり、ブッダであったということもできるでしょう。

変わり身の早さは長所でもある

そもそも何としても貫かなければならないものが、この日常でどれくらいあるでしょうか。むしろ本当に信念を持っている人は、世の中の多くのことにうまく妥協できます。譲れないもの、許せないことなど、この世の中にはそれほど多くはないはずです。

その点、『沈黙』の登場人物であるキチジローの生き方は示唆的です。キチジローはロドリゴら潜入した宣教師たちを導き手助けするのですが、その後、役人に彼らの存在を密告して裏切ります。信念のかけらもないズルい人物のように感じますが、キチジローのような変わり身の早さこそ、あの時代を生き残るには必要な能力なのかもしれません。

キチジローが本当に悪人かどうかは微妙なところです。というのも、彼はとらわれたロドリゴの周辺にいつも纏わりつき、ときには嘆き、ときには泣きながら自分のしたことの正当性を訴えます。良心の呵責と葛藤する彼の滑稽でみじめな姿を見ていると、彼もまた犠牲者の一人のような気がしてくるのです。

私自身はキチジローのような選択はしないでしょうが、人間はけっして強くない。わが身のかわいさゆえにウソをついたり、友達や親兄弟でさえ裏切ることだってあるのです。鈴木宗男事件で検察に妥協せず512日間も勾留された私には、さぞかし強い信念があると思われるかもしれません。

しかし信念というような大げさなものはありませんでした。ただ鈴木宗男さんが賄賂をもらったという検察の勝手なストーリーを認めることができなかっただけです。

私の証言でそれまで一緒に頑張ってきた人物を罪なき罪に陥れる――。それだけは承服できなかった。信念などという確固としたものではなく、むしろもっと私の中の本質的な感情、感性が受け入れられなかったのでしょう。

同時に、平気で真実を曲げ、虚偽の証言をした同僚や関係者をたくさん見ました。こういう人たちにもともと多くを期待していなかった私は、特に憤ったり落胆したりすることはなかったものの、国家権力の強さと、それと対峙したときの個人の弱さや脆さをあらためて思い知らされました。

国家と検察がつくり上げたストーリーに反対して私のように長期間勾留されるより、長いものに巻かれて罪を認め、情状酌量でいち早く社会に復帰したほうがずっと得だし、利口な対応だと思います。

まして、彼らには守るべき家族もいる。鈴木宗男さんを有罪にするべくつくられた架空のシナリオに乗って、真実とは違う証言をした人がいたとしても、私は特段非難する気持ちにはなれません。むしろ国と検察からしたら、私のほうが頑固で厄介で、空気の読めない困った人物だったことでしょう。

「空気」に支配されやすい日本社会

日本という国は信念を貫き通すことが難しい社会です。フェレイラはいいます。

「この国は沼地だ。(中略) どんな苗もその沼地に植えられれば、根が腐りはじめる (後略)」

正しいと思うことを貫こうとしても、泥沼に足をとられるように進めなくなってしまう。世間体を気にかけないと、すぐに浮いてしまう。足の引っ張り合いや陰湿ないじめも後を絶たない。残念ながら、日本の社会はお互い監視し合う〝ムラ社会〟の感覚から抜けきってはいないのです。

このような社会では、全体の雰囲気と流れの中で、正しいことや道理が埋没してしまいがちです。正論をどれだけ主張しても、なぜか空気の読めない野暮な人物だと思われてしまう。こういう社会で長く生活すると、論理性や合理性というものを軽視するようになりかねません。

理屈は通っていなくても、なんとなくみんなが納得している。何か形のないフワフワしたコンセンサスのようなものがある。そこから外れないようにお互いが空気を読んで自己規制をする。だから責任の所在はあいまいで、いざというときに誰が責任をとるのか明確でない……。

東京都の築地市場移転問題などは、まさにこのようなフワフワとしたコンセンサスと、責任の所在のなさが生んだ事例だと考えられます。汚染された土地だとわかっていながら、いったい誰が、どのような手続きで工事を進展させたのか。組織の中のチェック機能は働いていなかったのか。明確なものが見えてきません。

また、責任や問題の所在が、それこそ沼地のようにドロドロと広がっていくケースもあります。たとえば学校教育を考えてみましょう。欧米などは学校は勉強するところ、学問を身につけるところだと明確に定義されており、それ以上のものは求められません。

ところが日本の場合は学校教育に人格教育や生活指導などを求めるため、何か不祥事があると学校側の指導や教育が問題視されることもあります。責任があいまいで、本来責任を問われる必要のない人物や組織にまで累が及ぶのです。

そう考えると、私たちの社会には理屈や理論では割りきれない、不思議な空気や価値基準が満ちているような気がします。

論理性に乏しい日本のマスメディア

このような社会の空気が牙をむき始めると、とても恐ろしいことになります。

特に最近は、何か失敗やトラブル、ゴシップなどがあると、個人を徹底的にバッシングする傾向が強いようです。それも非論理的、ヒステリックな形で。

以前、ある女優の息子の強姦疑惑が連日のようにテレビや週刊誌でとり上げられていました。おかしいと思うのは、まだ容疑者であり起訴されていない段階なのに、相手の女性の言い分をほぼそのまま認めた形で、完全に犯人扱いで報道されていたことです。

結局、示談が成立して不起訴になりましたが、重大な事件性があるならば検察主導で起訴してもおかしくありません。高額な示談金が支払われたのではないかと報道されるなど、さまざまな憶測が飛び交いましたが、この手の事件では、一方の側だけの意見や情報をうのみにしないよう気をつけなければなりません。

いくら疑わしいとしても、容疑者はあくまで容疑者であり、真犯人かどうかはまだ判明していません。さらに被害者の言い分が事実かどうかも明らかではない。

どの国でも似たようなものですが、欧米と比べると日本のマスコミやジャーナリズムは感情的な反応が先走り、理性的な判断や分析に乏しいように感じます。現場としては視聴者や読者の興味を引くよう面白おかしく記事をつくりたいのでしょうが、犯罪報道は当事者の人権と利害を著しく左右する可能性があることを、もう少し認識してほしいものです。

エモーショナルな報道という意味では、先のリオデジャネイロ・オリンピックもそうでした。私は基本、スポーツにほとんど興味がないのでオリンピックも見ていないのですが、たまにお昼にやっている報道を見ると、メダルをとった選手の両親や恩師が必ず出てきて、何とかして感動や涙を引き出そうとする姿勢には辟易しました。

あとは地震などで被災した地域の報道も、お互い助け合って頑張っているという感動話に仕立て上げようとする。

スポーツ報道であれば、勝因や敗因のポイントを論理的に解説、分析してほしい。被災地報道であれば、なぜこの被災地の被害が甚大になったのか。天災の部分と人災の部分の割合とは。論理的かつ科学的に検証していく報道がもっとあってしかるべきです。

自分の身を守ることだけを考える

理論や検証といった客観的な視点がないという点では、ここ最近の安倍首相とプーチン大統領の関係改善による北方領土問題の進展に関する報道もまったく同様です。安倍首相がこれからやろうとしているのは、まさに私と鈴木宗男さんが交渉していたこととほぼ同じ内容なのです。

当時、「二島先行返還」を勝手に進めた張本人として、私も鈴木さんもどれだけマスコミに叩かれたことか。その経緯を知っているのか知らないのか、叩いていたマスコミの当事者が平気で北方領土問題の最近の進展についてコメントを求めてくるのです。

まず自分たちのかつての報道に対する総括、エクスキューズがあってしかるべきだし、少なくともその事実くらいはマスコミであれば勉強しておくべきでしょう。そうした基本的なことができていないことが、今の日本のマスメディアが抱える欠点です。

社会全体でエモーショナルなものが優勢で、流れだとか空気といったモヤモヤした、得体のしれないものによって動いている。どうもスッキリしない、気持ちの悪いものを感じるのは私だけではないはずです。

遠藤周作氏がこの小説を書いたのは今から約50年も前のこと。「この国は沼地だ」と登場人物にいわせた作者は、このような日本と日本人の特性に気がついていたのでしょう。そしてそれは、50年たった今もほとんど変わっていないどころか、むしろ強まっている気さえします。

そんな沼地のような社会で生き延びるには、ときには妥協し、ときには上手に逃げる〝柔軟さ〟が大事です。守るべきは日々の生活であり、生き抜くことそのものです。上司に逆らってまで自分を貫かねばならないことなど、ほとんどないはずです。

一方で、ブラック企業に入ってしまったと気づいたら思いきって辞めて別の会社を探す。仕事に適性がないことがわかったら、プライドにこだわらず別の仕事を探す。フレキシブルに自分を変え、対応することです。

性悪説が犯罪者を減らす

信念を貫くことと、自己犠牲について考えさせられるのが三浦綾子さんの名作『塩狩峠』（新潮文庫）です。中学生のときにはじめてこの小説を読み、感動した私は中学を卒業し高校生活が始まる前の春休みを利用し一人、北海道を旅して塩狩峠を訪れました。青春の思い出の書の一つであり、その後キリスト教徒として生きるきっかけになった人生の書でもあります。

敬虔なクリスチャンである永野信夫は鉄道職員として北海道に赴任します。真面目な働きぶりと誠実な人柄で人望を集め、着実に出世していきます。永野の部下に三堀という男性がいます。彼はふとした出来心で給料日に同僚たちの給料袋を盗んでしまいます。当然、三堀は会社からクビを宣告されそうになります。主人公はそんな三堀を何とか救いたいと必死で上司に懇願し、三堀は何とかクビを免れました。これほどお世話になった三堀ですから、本来なら主人公の信夫に感謝するかと思いきや、三堀は信夫を煙たがります。

信夫の善人ぶりや説教臭さが、三堀にとってはたまらなくプレッシャーになっているのです。そのことに最初は気がつかなかった主人公も、三堀との確執の中で自分の傲慢さに気づいていきます。

「わたくしは最初から彼を見下していたということに、気づいたのです（中略）……わたくしは傲慢にも、神の子の地位に自分を置き、友人を見下していたのでした」

どんな人間でも罪を犯す可能性はあります。その意味で私は性善説ではなく性悪説をとります。誰もいない部屋に無防備に給料袋がそのまま置いてあった状況を考えると、三堀がつい同僚たちのお金を盗んだのもわかるような気がします。どんな人間も誘惑に負けてしまう瞬間があるのです。

ちなみに、インテリジェンスの世界は徹底した性悪説です。たとえばある国の情報機関などは秘密工作費として、日本円にすれば何千万、場合によると億の単位のお金が職員に与えられます。大きなお金を手にしたら、人は必ず不正をする。海外のインテリジェンス機関はまずそう考えます。

彼らの監視は徹底していて、まずお金を扱う口座を一つに絞って常にチェックをする。健康診断のときにウソ発見器にかける。抜き打ちで家宅捜索を頻繁に行う……。

厳しいと思われるかもしれませんが、こうした徹底的な判断と対応が不正を未然に防ぐだけでなく、犯罪者をつくらずにすむのだともいえます。だとすれば、むしろ厳しいのではなく、人に優しいシステムだともいえるでしょう。

人間の理性を当てにしない

これと正反対なのが日本です。外国の諸機関のような厳しいチェックがありません。きっと不正はしないだろうというあいまいで根拠のない性善説からお金を任せてしまいます。性悪説だと相手を信用していないと思われかねないため、角が立つのを避けたいのかもしれません。

ただし、人は大きなお金を前にすると往々にして変わってしまいます。しかもチェックがほとんどなく、自分の裁量で何とでもなるような状況では、つい予算の一部を私的に流用してしまう。はじめは少額でも、気がつかないうちにエスカレートします。ギャンブル好きな人が会社のお金を使い込んでそれが膨大な額になって露見し、会社を解雇されるだけでなく刑事事件として訴えられる——。そんな事例も後を絶ちません。

同じようなことが外務省でもありました。ある課長補佐は部下の領収書を非常に厳しくチェックする人で、お金にしっかりした人間だと上からも信頼され、内閣官房報償費（機密費）を自由にする権利を与えられます。

それで何が起きたかといえば、彼はその機密費で競走馬を買い、愛人用のマンションを買ったのです。

大金を前にすると、どんな人間でも判断がおかしくなる。

もし悪事を働く弱い存在だという前提で厳しくチェックしていたら、結果として犯罪者を生むこともなかったはずです。性悪説に基づく外国のインテリジェンス機関と、性善説に基づく日本のインテリジェンス機関。どちらが理に適ったシステムでしょうか。

私は犯罪を未然に防ぎ、罪人をつくらずにすむ性悪説のほうが、人間性の本質を見極めているという点で、より現実的で優しいシステムだと考えます。

悪に向き合ってこそ強くなる

日本人はどうも悪に向き合うことが得意ではないようです。自分のなかに潜んでいる悪や、組織や集団が持っている悪というものをなかなか認めようとしません。人や社会が存在するには、同時に悪の存在が必要なこともある。

本質的に内在している悪をしっかり認識しているのと、直視しないようにしているのとでは、生き方や考え方が大きく変わってきます。

また、品行方正に生きていれば悪の要素はないかといえば、極端な話、生きるために私たちは食物をとらなければなりません。食物とは植物であろうと動物であろうと命です。つまり、生きるためには他者の存在、命を奪わなければならない。

当たり前の話ですが、突きつめると罪深い話です。生きること自体が、他者の命を奪うという「悪」につながっているとも考えられるわけです。よりよく生きるために、豊かに生きるために、ときとして他者を出し抜き、利用し、搾取する——。

キリスト教は「原罪」、仏教では「煩悩」という概念で人間の悪と弱さを直視しています。悪を前提として、そこからよりよく生きるための知恵を示しているのです。

最近は、自らに内在する悪の存在を認めようとせず、できるだけ目を逸らせようとする風潮が強いように感じます。悪いもの、汚いものは最初からフタをして見ないようにする。教育の現場でいじめがあっても、そんな事実はなかったことにしてしまう。会社で不正があっても見て見ぬふりをする……。

内なる悪をしっかり認識していない人格や社会は脆弱なものです。悪から目を逸らすために自らをごまかし、その小さな欺瞞を正当化するには、さらに大きなウソをつかなければばなりません。それはやがてごまかしきれない自己矛盾につながります。

結果として精神は蝕まれていき、病的なものに変質していく。フロイトがいうところの合理化と抑圧の中で、潔癖症やヒステリー、抑うつ症状など、神経症的な病理に陥る可能性が高まるのです。

このようなことは個人だけではなく集団にも起こり得ます。日本のマスメディアによる執拗なバッシングやSNSでの炎上騒ぎなどは、そんな病理の一端が表れたものなのかもしれません。

内なる悪を見つめ、それとどう向き合い、制御するか。先ほどの外国のインテリジェンス機関のように、そこから始めることが実は最も健全なのです。キリスト教や仏教のような宗教にしても、古典の文学や芸術にしても、人類史で長く命脈を保っている知恵や文化、表現は、いずれも悪なる部分も見極めたうえで、そこから人間の本質を捉えているものだといえます。

上司は少し悪人のほうがいい

このことは日常生活や仕事においてもいえます。たとえば上司が絵に描いたような善人で品行方正、非の打ちどころのない人だとしたら？　それはそれで大変です。清き水に魚は棲めないといいますが、あまりに清廉すぎる上司も窮屈なものでしょう。

部下が忙しそうだと仕事を手伝ってくれて、手を抜いても優しく許してくれる。一見いい上司のようですが、部下は育たないでしょう。

それよりも、わがままでときには怒鳴ったり、きつい仕事を押しつけてきて、四苦八苦させられる上司のほうが、部下は成長する部分があります。

結果として精神的に強くなったり、仕事を覚えることができる。その上司を酒の肴にして下の人間が一致団結できたりする。

そう考えると、上司は善人がいいのか多少は悪人のほうがいいのか、微妙なところです。

給料袋を盗んでしまった三堀にとって、クリスチャンで人格者である信夫は、いってみれば善人だけど窮屈な上司だったわけです。三堀はどんどん引け目を感じてひがんでしまう。

そもそも、相手を助けようとか救おうというのは、非常に傲慢な行為です。上から目線で見られることに相手は傷ついているかもしれません。

でも、自分はよい行いをしていると思い込んでいる。信夫を遠ざける三堀の気持ちや行動のほうが、むしろ当たり前なのです。

自らの命を犠牲にできる人もいる

ところが、主人公と三堀のそんな関係が急変する事件が起きます。彼らが乗っている列車が塩狩峠に差しかかったとき、機関車との連結が外れ客車は坂道を下り始めます。とっさに主人公は線路に身を投げ、自らの命を犠牲にして大勢の乗客の命を助けるのです。

小説の世界の話だと思うかもしれませんが、これは実話なのです。今から100年ほど前の明治42（1909）年、鉄道職員でクリスチャンだった長野政雄という人が、まったく同じような状況で自らの命を犠牲にして乗客を救ったのです。

人間は、とっさにそんな自己犠牲の行動をとることもある。似たようなケースで思い出されるのが2001年、東京の新大久保駅で起こった乗客の転落事故です。泥酔してホームから転落した男性を救おうと、韓国人の男性と日本人カメラマンが線路に飛び込み、折から進入してきた電車にひかれて三人とも命を落としました。

3・11の大震災でも4基の原子炉が同時に制御不能になるという未曾有の事態の中で、

高線量の中に飛び込んで作業した職員や消防の人たちの決死の行為にも、同じような自己犠牲の尊い意志と力を感じます。

性悪説に重きを置いている私でも、そのような奇跡的な自己犠牲と善意があることを否定はしません。誰かのために何とかしなければならないという、特に職業的な使命感は意外に強い力で私たちを突き動かすことがあるのです。

信夫は鉄道職員でしたから、その日は非番で一人の乗客として列車に乗っていたとはいえ、列車を止めることに責任を強く感じたのでしょう。まずは連結部分にある非常用ブレーキを作動させようとします。不運なことにそのブレーキはほとんど利かず、最後の手段として自ら線路に飛び込み、ブレーキ代わりとなって列車を止めるのです。

善なるものが人を動かす

いざという状況に陥ったとき、本当の意味で人に影響を与え、人を変える力は悪ではなく善なるものにある。小説でも信夫の壮絶な死を目の当たりにして、三堀はそれまでの自分を恥じ、信夫の遺志を継いで宗教者の道を歩みます。

それに対して、「悪」というのは意外に伝わらないものです。たとえば歴史上で名が残っている人物を見ると、悪人として名をはせている人はほとんどいません。人間は罪を犯しやすく、悪に走りがちな部分があるにしても、だからこそよいもの、善なるもの、美しいものに高まりたいという本源的な欲求があるのです。

イエスやブッダのような宗教者をはじめとするさまざまな宗教的な聖人列伝や偉人の伝記、伝承などを見ると、彼らが通常の私たちの価値観や先入観を超えた、勇敢な行為や善意を成し遂げた記録が残されています。

共通するのは彼らいずれもが自己やエゴの枠を超え、他者のために命や財産を削るなど、自己犠牲の精神を持っていることです。そういう精神に触れたとき、私たちは自らの精神が揺り動かされ影響される。そして自らもそうありたいと強く憧れるのです。

信夫に対してあれほどシニカルに接していた三堀でさえ、信夫の自己犠牲の生々しい現場を見たとき、まるで大きな衝撃波に飲み込まれたように精神が揺れ動き、変容したのです。おそらくイエスがゴルゴタの丘で磔にされ、血を流して自らの命を犠牲にしたときも、多くの人の精神が変容したのではないでしょうか。

その自己犠牲の行為の衝撃波は、時代と地域を超えてずっと続いているのです。そう考えると、その力がどれほどのものかがわかると思います。実際に列車に飛び込んで乗客を救った長野さんの慰霊碑には、100年たった今でも多くの人が訪れて献花が絶えません。

そう考えると、自己犠牲の善なる力に比べれば、悪の力などは実に小さなものです。100年、1000年たっても信奉されている悪人は一人もいません。自己犠牲に基づく善なるものにこそ、人を動かす力が眠っているのです。

日常を照らす自己犠牲の精神

イエスや長野さんのように自らの命を犠牲にすることは、私たちにはまず難しいでしょう。そうでなくても、自己犠牲という言葉は重く感じます。でも大上段に構えて考える必要はありません。ちょっとした自己犠牲というのは日常でも多々あるし、それを積み重ねることで大きな結果につながるのだと思われます。

たとえば日ごろの生活や仕事で、ちょっと自分が損することを実践してみるのです。仕事を一緒にするときに自分が仕事を多めに負う。宴会の幹事や飲み会の企画など人がやりたがらない仕事をやる。直接利益にならないことでも淡々と引き受ける。部下と飲むときはときに気前よくおごる——。

日々の生活や仕事の中で、ささやかな自己犠牲を発揮する場面は実はたくさんあります。でも、面倒なことや損することは誰でもイヤなので、実際にやろうと思うと腰が引けてしまいます。

しかし、私たちの周りを見回すと、そういうものを積み上げている人がいるはずです。そういう人には不思議な存在感があることが多いものです。周囲も一目置いているし、何かあったら相談したい、この人なら信用できる、などの雰囲気を漂わせています。

逆に、口がうまくて調子がいいものの、結局のところ自分の都合や利害を最優先して仕事をする人がいる。そういう人は、周囲からそれなりの評価しか得られません。

小さな自己犠牲の種を、自分の周りにどれだけまくことができるか。

「一粒の麦、地に落ちて死なずば、唯一つにて在らん」

作中の聖書の言葉が印象的です。一粒の麦は地に落ちて、そこから芽が出て実を結ぶ。一粒の麦としての存在は終わってしまうけれど、だからこそ多くの麦に変容するのです。自己犠牲こそが、最も豊かなものを生み出し得る。

そこには前に触れた「生命至上主義」「合理主義」「個人主義」の原則は必ずしも存在し

ません。私たちの日々の生活においては、この三つの原則を基本としながらも、ときにそれを超えたところで大きな価値が生まれることがある。

そのことを心にとどめておくだけで、人生や周囲が変わって見えてくるかもしれません。

『沈黙』遠藤周作／新潮文庫

この一文

「この国は沼地だ。やがてお前にもわかるだろうな。この国は考えていたより、もっと怖ろしい沼地だった。どんな苗もその沼地に植えられれば、根が腐りはじめる。葉が黄ばみ枯れていく」

棄教し「沢野忠庵」と名を改めたフェレイラ教父が、主人公ロドリゴに向けていった言葉。日本という国を沼地にたとえ、キリスト教もその沼地では変質してしまうことを伝えた。日本社会の特性を見事に指摘し、流行語にもなった。

『塩狩峠』三浦綾子／新潮文庫

この一文

「『一粒の麦、地に落ちて死なずば、唯一つにて在らん』。その聖書の言葉が、吉川の胸に浮かんだ」

一粒の麦はそれ自体は一粒にすぎない。しかし地に落ちて自身の存在を犠牲にしたとき、はじめてそこから芽が出て穂となり、多くの実を結ぶことができる。自己犠牲が多くを生み出すことを言い表した聖書の言葉。

第4章

組織の怖さと残酷さについて

『真空地帯』

野間宏／岩波文庫

ときは戦時中。上官の財布を盗んだ容疑で軍法会議にかけられた木谷は、反軍思想の持ち主として懲役2年の実刑となる。懲役から戻った陸軍部隊では、相変わらず初年兵が上級兵からの激しい体罰や嫌がらせを受けていた。ある日、自分を罪に陥れ軍法会議にかけた上官を見つけ出し、殴りつけて復讐する木谷。しかし彼を陥れた黒幕は、実は彼を擁護してくれていたかのような直属の上官だったことを知る……。

『ニューカルマ』

新庄耕／集英社

大手総合電機メーカーの関連会社に勤務するユウキ。かねて噂されていたリストラが実施され、将来に不安を募らせる中、救いを求めた先はネットワークビジネスの世界だった。成功と転落、失ってしまった仕事と友人……。子どものころからの親友のタケシは、主人公を心配し立ち直らせようとするが……。ネットワークビジネスの巧妙な手法と、それに依存する人間の弱さが見事に描き出される。

ストレスのはけ口は弱い人間に向けられる

組織中で生き抜くにも厳しいことの多い時代です。経済が停滞して会社の業績も上がらないと、どうしても組織全体がギスギスしてくる。上の人間が仕事がうまくいかないストレスを部下にぶつけると、その人はさらにその部下にあたる……。

この立場の弱い人間に抑圧が移っていくことを丸山眞男は「抑圧移譲」と呼びましたが、立場の弱い人とは、必ずしも地位や肩書の上下だけではありません。

組織で軽く見られている人やバカにされている人に抑圧が移転していく。イヤな話ですが、現実社会ではありがちな光景です。

こうなると、組織で自分が抑圧移譲の対象にならないようにしなければなりません。

一番いいのは仕事の成績を上げること。会社であれば営業成績を上げる、学校であればテストでいい成績をとる。周囲は成果を上げている人物には一目置いた対応をするので、簡単に軽んじられることはないでしょう。

なかなか成績を上げられないという人はどうしたらいいか？　後ろ向きのように聞こえ

ますが、目立たないようにすることです。特に最近は社会全体に組織化、管理化が進み、少しでもはみ出した行動をとると周囲から目をつけられがちです。

気配を消すという言葉がありますが、不要な自己主張をせず、組織の流れと空気をある程度読んで行動することです。どうも窮屈な話で気分が滅入りそうですが、現実的に対応する必要があります。

自分を主張するのは相応の実力と成果を上げてから。そうでないうちに力んでも、空回りして逆効果になることが多いのです。特に右肩下がりで会社にも組織にも余裕がない今の時代では、なおさら敏感にならざるを得ません。

組織にはどうしてもヒエラルキーができるものです。「2・6・2の法則」という言葉を聞いたことがある人は多いでしょう。組織にはバリバリ仕事をして組織を引っ張っていく2割の人と、それに続く標準的な能力の6割の人、組織の足を引っ張り、ときに組織からはみ出すような2割の人がいるというものです。

優秀な2割だけで組織をつくればさぞかし素晴らしい組織になるかと思いきや、今度はその中で「2・6・2の法則」が成立します。

イヤな話ですが、最下層の2割がいることでほかのメンバーは優越感を持ち、安心して仕事ができる。組織がうまく回るには下の2割がぜひとも必要なのです。絶対的な能力で振り分けられているのではなく、組織というものがもともとこの仕分けを必要としているのです。

この法則は人間だけでなく、動物の社会にも当てはまるのだそうです。アリの社会にも、普段仕事をせず力を発揮しないアリが2割います。

ところが、普段働かない2割が、いざというときに力を発揮します。たとえば自然現象で巣が危機に瀕しているときなどには、働いていなかった2割が俄然活躍するのだそうです。

つまり、一番下の2割は組織の潜在力でもあるのです。普段から全員が100%の力を発揮していたら、いざというときに対応する力が残っていません。そう考えると、一番下の2割の社員を大切にする会社こそ、危機に強い会社だといえそうです。

ただし、現実的には実績を残せない社員は肩身がとても狭くなる時代です。自分がどんな立場にいて、どう生きていくか？　戦略的に動く必要があります。

組織の内在論理を見極める

組織の力学を見誤ると、とんでもない状況に陥ることがある。私自身も外務省におけるさまざまな経験から、その怖さを実感しています。

自分が正しい、間違っているなどという次元ではない、組織の論理というものがある。組織が本気で牙をむいてきたら、個人ではまず太刀打ちできません。

インテリジェンスの世界に「相手の内在論理を知る」という言葉があります。国にしても組織にしても個人にしても、相手と対峙するときにはどのような価値観と判断基準を持っているか、どのような原則で行動しているかを知ることが大切です。

内在論理を知らないと、相手の言動や態度に過剰に反応したり、逆に反応すべきときにふさわしい対応ができず、関係が不安定なものになってしまいます。

自分の属する組織に対しても、まずその内在論理を見極めることが大事です。

特に最近は企業の中で、やたらと組織改編が多いように感じます。会うたびに名刺の肩書が変わっている人がいます。会社も頻繁に組織を動かして、何とか閉塞した状況を突破できないかを探っているのでしょう。

一つの会社で上手に生きるには、部署ごとにその内在論理を見極める必要があります。それには、対象をよく観察したうえで、相手の価値判断の基準を知ることが重要。簡単にいえば、何を評価して何をタブーとするのか。その二つをまず押さえます。

組織が求めているもの、最も評価する行動や結果は何かを明確にする一方で、その組織が最もイヤがることは何かをはっきりさせる。このポイントを押さえるだけで、行動や対応が格段に適切なものになるはずです。

組織に信頼できる上司や先輩がいたら、まずこの二つを聞いてみましょう。営業でも新規開拓に重点を置いているのか、既存の顧客の維持に重きを置いているのかで行動は大きく異なります。

また、残業を非常に厳しく管理している会社なのか、あるいは自己の裁量に任せる形にしているのか。社内の根回しを重視するのか、それほどしなくても問題ないのか。経費の精算でやってはいけないことは何か。

大きなことから小さなことまで、就業規則には明示されていない、それぞれの組織に特徴的なルールのようなものがあるはずです。それらをしっかり認識しないまま軽率に行動すると、要注意人物、危険人物として目をつけられかねません。

新しい組織に編入されたら、まず周囲をよく観察すると組織の内在論理を見極められます。同時に、信頼のおける上司や先輩に話を聞いたり、事情通の人やキーパーソンを見定めていい関係を築くようにすることも大切です。

その組織の価値観が明確になれば、組織でうまく生きるために「やらなければならないこと」と「絶対にやってはいけないこと」が明確になり、それだけで格段に組織で生きやすくなります。

社会的存在である人間の宿命

人間は社会的な動物だといわれます。運動能力や自然環境に対応する物理的能力は、ほかの動物に比べて非常に脆弱です。鋭い爪も牙もなければ体を寒さから守る体毛もない。筋力も敏捷性もあらゆる動物に比べて低い能力しか与えられていません。

そのようなか弱い動物である人間が生存していくには、集団をつくって協力し合わなければなりません。そこに組織が生まれ、社会ができていく。

人間は集団や組織から離れて生きることはできないし、その論理から外れて生きることも不可能なのです。その組織が地域共同体なのか、会社なのか、それとも国家や宗教団体なのかは人それぞれです。

近代以降、宗教的な権威が薄まり、個人の自由と権利が重視されるようになりました。それでも人間が社会的な存在であることは変わりません。その現実と個人の自由という価値観のせめぎ合いのなかで、いかによりよく生きるかが問われているわけです。

先ほども触れたように、組織は組織の論理で動きます。ときにそれは個人の自由を強く圧迫してくる。だからといって、社会的動物である人間が組織を完全に捨て去ることはできません。その葛藤は時代を超えて、さまざまな形で突きつけられる問題でもあります。

極限状態の組織を描いた『真空地帯』

極端なケースや事例を見ることで、物事の本質が見極められることがあります。極限状態では、通常は表出しない矛盾や問題があらわになる場合もあるからです。

人間社会の極限の状態といえば、やはり戦争でしょう。

その意味で組織と個人の究極の関係を描いた名作が、野間宏の『真空地帯』（岩波文庫）です。太平洋戦争時の陸軍内部の実態があからさまに描かれています。組織の不条理さ、恐ろしさをリアルに知ることができる作品です。

陸軍に所属していた主人公の木谷は、上官の財布を盗んだ罪で軍法会議にかけられます。その上官は木谷の直属の上官と派閥争いをしていた相手だったため、権力争いに巻き込まれ、木谷は懲役2年という重い刑に処せられてしまうのです。

裁判の不条理さもさることながら、陸軍の生活そのものがすでに不条理と暴力の巣窟。特に初年兵は先輩兵たちのストレスのはけ口になっており、食事の支度や掃除が遅かったり、返事の声が小さかったりするだけで殴られ、蹴られる。

安西という初年兵は学徒出陣で入隊した人物です。おそらく設定としては東京帝大、京都帝大くらいの優秀な大学でしょう。それが慣れない軍隊生活でいじめ抜かれ、怯えきって情けないほど失敗を繰り返します。

その点、木谷は学歴はないものの、意志が強く権力に屈しない硬骨漢です。それだけに突っ張ってしまい、周囲から目をつけられ、はめられてしまうわけです。

本来なら、安西のような高学歴の人間と木谷のような学歴を持たない人間が同じ組織にいることはありません。しかし軍隊とは、そういった背景の違いを無視し、まったく異なる階層の人間が一緒になる組織でした。

そんな違いや確執も織り交ぜて、組織全体に不信感といじめ、暴力がはびこっているような状況です。これは昔の軍隊に特有の状況だと思われるかもしれませんが、今の私たちも似たり寄ったりで、むしろ本質は一向に変わっていないというのが私の見方です。

先ほども触れたように、今の会社組織自体が閉塞していて、いじめやハラスメントがそこかしこに見られます。社員同士の横のつながりや信頼感も希薄で、不信や不仲が常態になっている組織もあります。

たとえば役所などはまさに陰湿さが生まれやすい場所です。東大トップで財務省に入省、その後、弁護士になった山口真由さんが『いいエリート、わるいエリート』(新潮新書)でその実態を描いています。

山口さんが入省1年目に深夜仕事をしていると、先輩が突然、「おい、何で月餅のアンコは黒いんだ? 小豆の中は白いのに、何でアンコになると黒くなるんだ? すぐに調べてくれ」と突然言い出します。

ちょうど最終のバスが出るころで、それを調べるには会社に泊まらなければならない。

財務省に仮眠室はあるものの、雑魚寝でシャワールームもないそうです。女性職員にとっては苦痛以外の何物でもありません。

私も外務省にいたので、こういういやらしさは少なからず経験があります。頭にきますが、それを悟られると後が大変です。気持ちを顔に出さないようにするのが精いっぱいのところでしょう。

ブラックな組織で生き延びる方法

最近は、日本でも肉体的暴力には非常に厳しい社会の目が注がれるようになりました。しかしその分、悪意が陰にこもり、精神的な嫌がらせが増えてきている気がします。肉体的にではなく、精神的に社員を追い詰めて会社から追い出す。そんな卑劣な方法を自慢げにブログで公開して、非難を浴びた社労士もいました。

そもそも、社労士は労働者の側に立って労働条件を改善するよう雇用側に働きかけることも仕事のはずです。その社労士が社員をクビにする方法を会社側に指南するとは……。時代はここまできたのかと暗澹たる気持ちになりました。

組織の強みとは、分業し専門化することで全体のパフォーマンスを高め、1プラス1プラス1を3ではなく5にも10にもすること。ただし、これはお互い信頼関係ができていて、一つの方向を目指して全員が協力し合う場合です。

『真空地帯』に描かれた軍隊のように、もはや希望が見えず、絶望感に支配されてしまった組織は、むしろマイナスの力が働きがちです。個人の自由を抹殺し、お互いがお互いを監視し合うような、組織の悪い部分だけが噴出する。

残念ながら、これは今の日本社会にも当てはまります。さすがにかつての軍隊とまではいかなくても、職場や地域社会で陰湿ないじめや精神的な暴力、ハラスメントが横行している。誰もがターゲットにならないよう、息を殺し頭を低くして生活する――。

短期的な利益追求型のブラック企業のようなオフィスでは、『真空地帯』に描かれた世界とさほど遠くない、不条理な組織の暴力が日常化しているのではないでしょうか。

では、閉塞した組織で生き抜くにはどうすればいいか。実は小説に登場する曾田という人物がヒントになります。彼は木谷に興味を持ち、その力になりたいと考えるのですが、班の中では一目置かれた存在です。

特に地位が高いわけでもないのに、なぜ彼は周囲から一目置かれているのか。それは情報をたくさん持っているからです。人事部門で働く會田は、ほかの兵士がどこに配属されるか、前線に送り込まれるのは誰かをいち早く知る立場です。會田自身に決定権はないのですが、先輩兵でさえ彼に媚びる。有益な情報を握っている人物こそ、組織で一目置かれます。

これは今のビジネス社会でもそのまま当てはまるでしょう。自分はそんな中心的な部署にはいないという人でも、組織で最も情報を握っている人を見極め、うまく関係を持つことはできるはずです。

情報を持つということは、いつの時代でも大きな力になります。多少せちがらくはあっても、戦略的に意識して動くことが必要なのです。

優しく接してくる人にも注意が必要

社会に出ると、好むと好まざるとにかかわらず、さまざまな人物に出会うことになります。大雑把に分けると、自分の味方か敵か。力になってくれる人か、妨害したり足を引っ張ったりする人か。その仕分けをする力がおのずと求められます。

小説の中にも、木谷が軍法会議にかけられ、反軍思想の持ち主として法外な罰を受けるきっかけになった林中尉という人物がいます。彼は木谷が師事していた中堀中尉とは敵対関係にありました。木谷がいわれなき疑いで反軍思想の持ち主とされたのも、林中尉の差し金があったからとされていました。

小説の最後で、その林中尉が傷病兵となって内地に戻ってきます。自分を陥れた憎き林中尉と一対一で話すシーンは迫力があります。今にも掴みかからんばかりの木谷に対して、林中尉は本当に木谷を罪に陥れたのはほかならぬ中堀中尉だと知らせます。

敵だと思っていた人物が意外に自分のために働いてくれていたり、味方だと思っていた人物が実は陰で自分を貶めたりしている——。こういうことは、実際の職場や人間関係ではよくあることです。

本当に気をつけなければならないのは、表面上はにこやかで人当たりがよく、自分の話をよく聞いてくれる人だったりします。こちらが気を許して話したさまざまなことが、全部筒抜けになっていた。そんなことが往々にしてあるのです。

逆に普段は愛想が悪く、とっつきにくい人がいます。やたらと自分の意見に反対したり、攻撃的な言動をしたりしてくる。一見すると要注意人物ですが、実はこういう人のほうが裏表がない。自分が逆境に立ったときに助けてくれるのは、意外にこのような人物だったりします。

こういうことも人生の一つの妙味なのかもしれません。くれぐれも表面的な印象だけで相手を判断しないこと。自分のことを受け入れてくれる味方のように見える人ほど、実は危険な人物の場合もある。

組織で生き抜くために、ぜひ頭の片隅に残しておいてほしい現実です。

ネットワークビジネスの怖さがわかる小説

唐突ですが、もし給料とは別に毎月何十万円というお金が、なかば自動的に口座に振り込まれるとしたら、どうでしょう。

給料だけでは苦しい。かといって副業をする時間も余裕もないという人にとって、ネットワークビジネス、つまりマルチ商法は魅力的なビジネスに映ります。

組織と個人の関係を考えるうえで、今の時代に避けて通れないのが、縦横無尽に張り巡らされたネットワークの恐ろしさです。組織とネットワークの怖さを描いた快作が、新庄耕氏の『ニューカルマ』（集英社）です。

大手総合電機メーカーの関連企業に勤める主人公ユウキはネットワークビジネスにハマり、やがて追い詰められていきます。本業だけでなく友人や知人、家族のつながりさえも失ってしまいます。

ネットワークビジネス、つまりマルチ商法は、自分の下に会員を増やせば、彼らの売り上げの何%かが自分に入ってくる仕組み。かつてねずみ講が大きな社会問題になりました。ネットワークビジネスはこれと混同されがちですが、現在の法律や社会状況に合わせて巧妙に進化しています。

ねずみ講は商品の実体がなく、あったとしても粗悪なまがい物でした。それに対して、ネットワークビジネスには実際の商品があり、その品質も高い。ねずみ講が無限連鎖講であるのに対して、ネットワークビジネスは有限連鎖講です。

また、ねずみ講の場合はネットワークが広がることによる収入が永遠にトップの人物にまで還元されます。ですから、後から参入する人は絶対にそれより先に参入した人物の収入を抜くことはできません。

それに対して、ネットワークビジネスは有限連鎖なので、ある一定の範囲を超えるとその下からの収入は入ってこなくなります。したがって、後から入った人が上の人間の収入を抜くこともありえます。

ねずみ講では入会料が必要なのに対して、ネットワークビジネスに入会料はありません。このような法的な縛りがあるがゆえに、ネットワークビジネスは合法です。とはいえ、自分の下に購入者が増えなければ収入にはならないし、実際には商品を自分で買いとらなければならないことも多く、在庫だけを抱えて破産する人もいます。

何より、主人公のように強引な営業で友人ばかりか親族や家族からも疎まれたり、関係が壊れたりしてしまうというリスクがあります。

主人公は、中野から家賃が倍もする自由が丘のマンションに引っ越したばかり。つい背伸びして住居費にお金をかけすぎてしまいました。かといって年収が上がる見込みはなく、経済的にどんどんきつくなっていく。

そんなときに先輩社員が退職勧告に等しい人事異動で九州に飛ばされてしまいます。職場には閉塞感が漂い、仕事のモチベーションも上がらない……。八方塞がりの状況で、主人公は一発逆転を狙ってネットワークビジネスに入会してしまうのです。

主人公と同じような閉塞状況は今や誰もが経験します。けっして特殊な状況でも、他人事でもない。そこから抜け出すのにいきなり転職や起業はリスクが高い。株やＦＸで稼ぐとなればそれなりの才覚が必要になるし、相場が気になって本業にも支障が出てしまう。

その点、ネットワークを築くことさえできれば自動的にお金が転がり込む。このような話がとても魅力的に聞こえるのも、ある意味で仕方のないことです。

自分を変えたい人ほどハマる

ネットワークビジネスの怖さは、お金だけでなく自己実現や成長欲求とかかわってくる点です。今の自分を変えたい、置かれた状況や環境を変えたい――。若いうちは特に、そのような願望を持つものです。

ところが本業の仕事では先が見えているし、夢も希望も見出せない。ネットワークビジネスは、そんな人の心の隙間や弱さに巧みに入り込んできます。「自分が変わる」「積極的で前向きになった」「人生が変わった」。ネットワークビジネスの会合では、そんな体験談が参加者の口から熱く語られます。

主人公のユウキも、どこかに自分を変えたい、現状を変えたいというくすぶった気持ちがある。だから当初は怪しんでいたネットワークビジネスにのめり込んでいきます。

最初はなかなか顧客がつかず、売り上げが伸び悩んでいたのですが、やり手で大きなネットワークを持つベテラン女性が傘下に入ったことで状況が一変します。毎月100万円近い大金が何もしないで口座に振り込まれる。さらに会合では成績優秀者として大勢の前でスポットライトを浴び、拍手と称賛を浴びる。

金銭欲と功名心、他人に認められたいという願望――。それまでの仕事や生活では望むことすらできなかった欲求が、一気に満たされるのです。普通に仕事をしている限り、こうした体験はなかなかできません。エキサイティングで、人生が一気に開けたような気分に浸れることでしょう。

ただし、これは本来の満足感や達成感とは少し違います。むしろギャンブルで一発当てたときに近いでしょうか。パチンコでずっと当たらなかったのにいきなり大当たりがきた、あるいは競馬で大穴馬券を当てた……。そんな感じなのかもしれません。

パチンコなら派手な演出と電子音で、競馬なら場内の歓声や実況アナウンサーの絶叫で脳内麻薬であるドーパミンが放出されます。麻薬や覚せい剤と同じ作用が起こるわけです。この快感を知ったら、そこから抜け出すことはもはや困難でしょう。

同時に金銭感覚もおかしくなります。毎月何もしないで100万円単位のお金が転がり込んでくるのですから当然でしょう。主人公の人生の歯車がどんどん狂っていきます。

本来の仕事の成功や達成感はもっと地味なものです。一気にお金が入ってくることもなければ、派手な表彰式もありません。

そこには脳内麻薬のような刺激はないかもしれませんが、わき上がる充足感のようなものがあるはずです。

仕事のしすぎも依存状態の一つ

実は、主人公が成績を上げたのにはカラクリがありました。主人公の傘下に入ったやり手の年配女性は、組織の幹部から派遣された仕込みだったのです。その女性によって成績優秀者として富と名声を得た主人公ですが、その年配女性の言いなりにならざるを得ず、彼女の性的な玩具にされてしまいます。

要は組織の幹部からいいように操られ、主人公はすっかりマルチ商法に依存した生き方に落とし込まれてしまったわけです。自分を助けてくれると思っていた人物が、実は自分をハメようと近づいてきただけ。背筋が寒くなるような話ですが、このようなことは実際に行われているのではないかと推察できます。

結局、その女性は自分の傘下の人脈をすべて引き連れ、利用価値のなくなった主人公のもとを去ります。またほかの獲物を狙って移動するわけです。そんな仕打ちを受けながらも、すでに自分の友人も家族も、本業さえも失ってしまった主人公はネットワークビジネスに頼るほかはありません。

一種の依存体質にさせられてしまうのが、ネットワークビジネスの恐ろしいところです。しかし考えてみれば、現代のビジネス社会は人を何らかの依存体質にすることによって利益を得たり、顧客を獲得したりしているという構図があります。

誰もが、何かしらに依存することで安定を得ている社会なのです。人によってはそれがお酒だったり、ギャンブルだったり、SEXだったり、あるいはスマホゲームやSNSだったり……。それぞれ何かしらに依存する対象がある。それが常態になっているのが現代社会であり、その病理であるともいえます。

実は私自身も反省していることがあります。それは仕事依存症。かつて外務省にいたころは、月の超過勤務時間が300時間を超えていました。毎日深夜2時、3時は当たり前。

土日も休まずその調子で仕事をし続けるとその数字になります。

残業が当たり前の外務省でも、300時間を超える人はそういませんでした。ただし、その分人より格段に情報量が増えるし、目に見えて仕事がこなせるようになっていく。それが楽しくてまた残業を続ける……。

その結果、少しやりすぎたのでしょう。北方領土問題で、出る杭が打たれるような形で検察に捕まってしまいました。正直、私にはワーカホリックの要素が多少あります。作家に転身した現在も、その性癖を完全に改めることはできていません。

ついつい予定がいっぱいになり、睡眠時間を削ってまで仕事をしてしまう。もはや性分のようなものだと思っていますが、一種の依存症であることは認めざるを得ません。

“依存”で成り立っている現代のビジネス

今の世の中、気をつけていてもいつの間にか何らかの依存症になってしまいます。仕事でもギャンブルでも、スマホの課金ゲームにしても……。身を守る術は、やはりどれだけ親身になって意見したり、忠告したりしてくれる友人がいるかどうかでしょう。

主人公の小学校時代からの親友で、身障者ながらも頑張って地元の市長になったタケシという人物がいます。主人公と激しくぶつかりながらも、体を張ってネットワークビジネスから脱会させます。主人公が更生するとしたらこのタイミングだったはずですが、結局はまた似たような商売に戻ってしまう。

登場人物がほとんど何かしら心の病気を抱えているストーリーの中で、この親友タケシの存在が唯一の救いのように見えます。意外にも、家族や身内では役に立つことができません。近いからこそ葛藤が大きく、反発されてしまうのです。

ところが、この親友であるタケシさえ、主人公は裏切り、利用しようとします。まさに業(カルマ)です。タイトルの『ニューカルマ』もそれに掛けているのでしょう。

このような落とし穴にハマらないためにはどうすればいいのか。私が考えるところ、副業はせいぜい全収入の5~10%ぐらいを目安にすべきです。手取り30万円なら3万円まで。それ以上の額を稼ごうとすると本業に支障が出たり、得るものより失うもののほうが大きくなったりします。

大きなお金を簡単に稼ごうとしないこと、欲をかかないことが人生の落とし穴にハマらない一番のポイントかもしれません。日常がパッとせず経済的にも苦しいと一発逆転を狙いたくなりますが、そのことを心のどこかに留めておきたいものです。

もう一つのポイントは、もしあなたが独身なら結婚すること。「経済的に苦しいのに結婚なんて」という人がいますが、むしろそういう人こそ結婚して経済を立て直すきっかけにすべきです。

お金の使い方も計画的になるはずです。独身だと、孤独を紛らわそうとつい誘惑に乗せられ、出費がかさんでしまう場面もあるでしょう。もちろん覚悟のうえでその道を行く人生もありますが、現代のように罠の多い社会では、あまりおすすめできません。

世の中には、実際に体験して知ったときにはもう遅い、アウトだということがいくつかあります。極端な例としては覚せい剤や麻薬。体験してしまうと、もうその時点で表社会からの退場を余儀なくされるのです。ギャンブルや風俗も、その依存性を考えると体験しないに越したことはないのです。

ネットワークビジネスもしかり。その恐ろしさは、実体験ではなく小説や映画などで疑似体験するのが得策です。

組織の論理に潰されない生き方

組織の論理というのは、ときに個人の思惑や力をはるかに超えたところで働いています。私たちが人間という社会的動物である以上、生きているからには組織から完全に外れることも、自由になることも不可能です。

だからこそ、組織や集団といかに折り合いをつけて生きていくかがテーマになります。そのためには、まず組織とは何かをしっかり認識することです。そしてその組織が持っている論理、すなわち内在論理を掴むことです。

そのうえで、組織に搦めとられることなく、適度な距離感で組織とつき合い、よい関係を結ぶことが必要です。

残念ながら、今の社会もそこに存在するさまざまな集団や組織も、厳しい状況の下で生きる個人に優しいとはけっしていえません。つき合い方を間違えると、『真空地帯』で見たように、組織の論理で抹殺されたり自由を奪われたりするかもしれません。

また、『ニューカルマ』で書かれているように、欲をかいたり楽をしてお金を稼ごうとしたりすると、それを利用して食い物にしようとするシステムが、さまざまな形で待ちかまえています。食おうとしている人間が逆に食われてしまう。そんな落とし穴が今の社会のそこかしこに口を開けて待っているのです。

この現実をしっかり認識したうえで、組織と個人、集団と自分の関係を見つめ直す。紹介した2冊の本が、そのきっかけになります。

『真空地帯』野間宏／岩波文庫

この一文

「兵営には空気がないのだ、それは強力な力によってとりさられている…真空地帯だ。ひとはそのなかで、ある一定の自然と社会とをうばいとられて、ついには兵隊になる」

軍隊という組織も、内部では、国のため愛する人のために戦う英雄像とはかけ離れ、その生活は不条理と暴力に満ちたもの。互いに不信感と憎悪のなかで自然な人間性を失っていく軍隊は、まさに息もできない真空地帯だということがわかる。

『ニューカルマ』新庄耕／集英社

この一文

「木村社長は、……強引な勧誘はしなくていいと言った。——困ってそうな人とかさ、竹田ちゃんが助けたいと思う人の話、聞いてあげて。それだけでいいから」

強引に商品を売りつけるビジネスのやり方に疑問を抱く主人公に、ネットワークビジネスの社長は人のためになってあげるだけでいいとささやく。より巧妙になり、ある意味、新興宗教に似た今のビジネスの実態がわかる。

第5章

現実を見極める力について

『首飾り』モーパッサン

『モーパッサン短篇集』(ちくま文庫)に所収

文部省の役人の妻マチルドは、若く美貌の持ち主。質素な生活に不満を持ち、社交界での成功と称賛に憧れていた。ある日、夫が舞踏会の案内を持ってくる。友人のフォレスティエ夫人に豪華な首飾りを借り、着飾って舞踏会に参加するマチルド。だがその首飾りをなくしてしまう。似たような首飾りを探し、借金をして購入し、夫人に返したものの、以後10年間、返済に追われることに……。

『堕落論』

坂口安吾/集英社文庫

「半年のうちに世相は変わった」。特攻隊の勇士は闇屋となり、貞節を誓った未亡人も新たな恋に胸を膨らませる。人間に返ってきただけ。人間は元来そういうもので、むしろ戦争中の礼節正しく自己犠牲をいとわない美しい生き方こそ空しい幻影だと喝破する。「生きよ堕ちよ、その正当な手順の外に、真に人間を救い得る便利な近道が有りうるだろうか」。堕落の果てから真の人間の生が始まる。どん底からの人間再生の賛歌。

失敗を認めることが力になる

投資で大損するのはどういう人でしょうか？　簡単にいうと〝負けを認められない人〟です。株でもFXでも、自分の思惑に反した動きをしてマイナスになったとき、自分の判断が誤っていたと素直に認められる人は、損切りがスムーズにできます。

ところが負けを認められず、「いや、そのうちに必ず上がるはず」「上がらないのはおかしい」と、自分の判断に固執する人がいます。こうなると現実の相場の動きを客観的に捉えることができず、損切りの判断が遅れて結局大きくマイナスになってしまう。

失敗を失敗として認めることができない。自分の判断が間違っていたことを認めるのが悔しい。こういう気持ちは誰でも多かれ少なかれ持っているものですが、間違いや失敗を認めることができないと先に進めません。

素人が投資でなかなか成果を上げられないのも、精神面の脆弱さがあるからだといわれます。投資では負けを素直に認めて損切りし、仕切り直しをする必要がありますが、それがなかなかできないのです。

失敗とは、樹木でいうなら年輪のようなものでしょうか。一つも失敗体験や挫折体験がない人は、どんなに能力のある人物でも、何か物足りないように感じます。失敗や挫折、不遇が年輪のようにその人の精神に刻まれる。その層が厚くなり、やがて見事な年輪となる。それが樹木と同じく、強さやしなやかさにつながっていくのではないでしょうか。

私自身の人生は失敗と挫折の繰り返しです。一番の挫折といえば、やはり外務省を辞めざるを得なくなった鈴木宗男事件をめぐる一連の経緯になるでしょう。それだけではなく、最初に外務省を受けたとき不合格になったこと、作家になってからも、賞にノミネートされながらも落選したことなど、大小さまざまな形で失敗や負けの体験があります。

ただし、失敗や負けを認めたからこそ、どこに問題があったのかを客観的に知ることができ、新しい人生の展開に潔く方向転換できました。もしそこで失敗を認めることができずに自分をごまかしていたら？　きっといつまでたっても同じようにつまずいて、そのたびに現実から目を逸らし、自分をごまかす人間になっていたかもしれません。

自我の成熟には、自己を突き放して客観的に見る目が何としても必要です。客観的に自分を見ることができない原因には、虚栄心や不安感、自信のなさなど、さまざまな要素があります。ただし、私たち人間は多かれ少なかれ自己愛もあれば、虚栄心も不安感もある。

それらを認識したうえで、どうバランスをとり、折り合っていくかが大切です。

『首飾り』で自分に潜む虚栄心に気づく

虚栄心は誰の心の中にも潜んでいます。誰でも自分を大きく見せたいし、価値ある存在だと思われたい。それによって向上心が生まれ、成長のきっかけにもなると考えると、一概に虚栄心が悪いものだとは言いきれません。

ただし、実力以上の自分を見せようとすると、あとで手痛いしっぺ返しが待っています。私も虚栄心にとらわれたばかりに失敗したことがあります。先述しましたが、最初に外務省の試験を受けたときに失敗したのは、ロシア語で受験したことが原因でした。背伸びをしてロシア語ができることをアピールしたかったのですが、結果はさんざん。

結局は次の年に英語で受けて合格したものの、最初から英語で受験していたら、時間も労力も無駄にせずにすんだのです。

自分の力を実力以上に見せようとするとロクなことがない。このときの体験で学びました。虚栄心や見栄とどう向き合い、その力を向上心のほうにうまく転化できるか。それも人生の課題の一つだと思います。

モーパッサンの小説『首飾り』(『モーパッサン短篇集』[ちくま文庫]に所収)は、まさに人間の虚栄心の愚かしさや悲しさ、滑稽さを表した名作です。役人の妻であるマチルドは、自分の若さと美貌があれば、もっといい暮らしができているはずだと現状に不満を持っています。

ある日、夫が舞踏会の招待状を持ってきます。しかし妻は着ていく服もアクセサリーもないと嘆きます。服は夫が貯めたなけなしのへソクリで買い、アクセサリーはお金持ちのフォレスティエ夫人に借りることにします。ダイヤの首飾りを借りたマチルドは持ち前の美貌と豪華ないでたちで舞踏会の主役になります。

ところが舞踏会が終わって帰宅すると、大事なダイヤの首飾りがどこにも見当たりません。夫と二人でさんざん探しても見つからず、結局、同じようなダイヤの首飾りを借金して購入します。当時の金額で約4万フランですから、現在では4000万円くらいと考えていいでしょう。

この借金を返すために夫婦は必死で働きます。手伝い女に暇を出し、夫婦で屋根裏部屋に引っ越しをします。マチルドは庶民のように家事や仕事を何から何まで自分でこなしたため、美しかった指はささくれ立ち、おしゃれも化粧も満足にできず、一気に老け込んでしまいます。

自由な社会ほど「虚栄心」が表出する

10年の歳月がたち、ようやく借金を返したマチルドですが、ある日偶然、町でフォレスティエ夫人に出会います。そこで首飾りをなくしたこと、借金をして同じような首飾りを買って返したことを告白します。

フォレスティエ夫人はひどく心を突かれて、友の両手を握りしめた。
「ああ、マチルド、どうしましょう！　わたしのはイミテーションだったのよ。せいぜい五百フランくらいだったのに！……」

着飾って舞踏会で目立ちたい、セレブな存在に思われたい。そんな虚栄心がとんでもない思い違いを彼女にさせたわけです。もし、なくした段階で彼女が本当のことをフォレスティエ夫人に告げていたら？　それができなかったのも、自分の失敗を知られたくない、バカにされたくないという虚栄心からだといえます。

モーパッサンがこの作品を書いたのは１８８４年。近代市民社会が勃興してきた時期にあたります。ご存じのとおり、近代市民社会は身分制が崩れた社会です。舞踏会などもそれまでの時代は上流階級の間だけで行われていたのが、一般の役人夫妻まで参加できる時代になってきます。

未知のコミュニティに足を踏み入れることで彼女の虚栄心に火がついたわけですが、このようなことは私たちにも大いにありうることです。社会がフラットになったからこそ、多くの人と競争しなければならない。向上心も生まれると同時に、私たちは虚栄心や見栄、劣等感などさまざまな葛藤も抱えるようになったのです。

日本でも江戸時代ならば士農工商の身分がはっきりしていました。農民が武士になろうと野心を燃やすこともなければ、商人が貴族になろうと考えることもなかった。葛藤もそれだけ少ない社会だったのです。

「身の程を知る」という言葉や「分をわきまえる」という言葉がありますが、身分制度がはっきりしている近代以前は、自分がどの地位や階層にいるのかがわかりやすかった。しかし、それがわかりにくい現代では、得てして自分自身を過大評価し、立場や実力を超えた高望みをしてしまいがちです。

マチルドの悲劇も自分の立場や実力を客観視できず、上を目指して虚栄を張ったために起きたわけです。この「客観視」というのがポイントです。フラットな社会では、自分を突き放して冷静に立場や能力を見極める目が必要になる。そうでないと自分を見失い、分不相応な欲求や上昇志向にとらわれ、とり返しのつかないことになりかねません。

これはけっして他人事ではない。特に若いときは上昇志向と虚栄心が旺盛なため、自分を見失いがちです。たとえば、若い人の中には収入に見合わない住居費を払っている人が多くいます。家賃や住宅ローンが可処分所得の半分以上になったら危険信号。30代半ばで手取り収入が月30万円弱の人が月15万円のマンションに暮らすのは無謀でしょう。

あとは教育費。子どもにいい教育を受けさせたいと無理して私立にいかせたり、無駄なお稽古事などに通わせたり……。親の願いはわかりますが、あまり無理をすると別のところにしわ寄せがいきかねません。

現状の自分の力で届く範囲の出費なのかという客観的な判断が必要です。将来にわたって続けられることなのか。隣近所や友人に負けたくないと、虚栄心を満たすために行動していないか――。
入ってくる収入と必要なお金、出ていくお金を計算し、客観的に自分の能力や立場、状況を把握できていれば、何にどれだけ使うことができるかがわかるはずです。ありのままの現実を認識し、それを受け入れたうえで計画や戦略を練ることが必要です。

自然主義文学で客観性をとり戻す

モーパッサンは自然主義文学の巨匠として知られています。彼の生きた19世紀後半は、客観的に自然を捉えてその法則を解明する自然科学が脚光を浴びていました。それにならって、文学も余計な装飾や理想主義的な表現を排除し、客観的に淡々とありのままの現実を捉えようとする動きがあったのです。

それ以前の、神の存在を前提としていた古典主義や、人間の理想や願望、感情を前面に押し出したロマン主義に対するアンチでもあったといえます。

モーパッサンの師匠であるフロベールは、対象を表現するのに最適な形容詞は一つしかないと主張します。それゆえ、モーパッサンの作品は突き放したような冷淡な描写が多い。

読者はときに裏切られたかのような、救われないような気持ちになります。しかし近代以降の神が死んだ時代、理想主義が通用しない厳しい現実社会のリアリズムを追求するには、文学にもまた突き放した表現方法が求められたわけです。

虚栄心や上昇志向の中で自分を見失わずに生きるには、自分を客観的に見ることが必要なことは前述しましたが、その訓練にはモーパッサンのような自然主義文学を読むことが非常に役立ちます。

不条理で救いのない現実や、人間の不可解な心理や行動。そういうものから目を背けたりごまかしたりせず、しっかり向き合うことで心を磨くことができるのです。

特に今の日本のように、エモーショナルで口当たりのいい表現がもてはやされる時代には、自然主義的な思考は大切です。客観性や実証性を無視もしくは軽視して、自分が欲するように世界を認識するような思考を「反知性主義」と呼びますが、今は日本の社会全体がこの「反知性主義」に覆われています。

太平洋戦争に突入する直前の日本も同様でしたが、社会が大きく軌道を外すときには、決まってこの「反知性主義」が台頭してくる。その毒に侵されないためにも、自然主義文学の視点はとても役に立ちます。

本当の満足は実生活の中に

話を作品に戻しましょう。虚栄心のために膨大な時間と労力、若さと美貌を失ったマチルドに対しては、自業自得だとする意見や、あるいはあまりにも救いがないと作者を批判する意見もあるようです。しかし、私は少し違った見方をしています。

ロワゼル夫人（マチルド）は、貧乏暮らしのおそろしさを知った。というのも、ここへきて彼女はヒロイックな決意をかためたのである。巨額の借財を払わねばならないのだ。そうとなれば、自分で払わなければ。お手伝いには暇を出して、住まいを変え、屋根裏部屋を間借りした。

山のような家事や、つらい台所仕事をこなし、水を汲んで労働し、店でケチケチ値切ってときにののしられながらも節約生活を続けます。バカにしてイヤがっていた庶民の女の生活を、そのまま受け入れたのです。

また、夫は役所の仕事を終えて帰宅した後も商店の帳簿づけの内職をして家計を助けます。夫婦が力を合わせて極貧生活に耐え、10年で借金を完済するのです。

事実だけを淡々と記述するスタイルで、マチルドの心理描写は細かく記述されていません。しかし、虚栄心に支配されていた彼女が大きく変わったことがわかります。生活は苦しくても自分で働き、少しずつ借金を返して完済する。

はたからは巨額の借金を背負った不幸な夫婦にしか見えませんが、彼女の10年は苦しくとも充実感と満足感があったのではないでしょうか。少なくとも、上流階級に憧れて現状に不満たらたらだったころよりは……。

借金を完済した後、通りで見かけたフォレスティエ夫人に思いきって声をかけるとき、マチルドはこのように言います。

「そっくりの別の品を持っていったのよ。その代金を払うのに十年かかったわ。わたしたちにとってどんなにそれが難しかったか、わかるでしょう、無一文だったのですもの……やっと支払いが終わったの。さっぱりしたわ」

首飾りをなくしてしまったこと。自分たちが金持ちではないということ、10年も借金に追われていたこと――。すべて打ち明けるマチルドに、かつての虚栄心にまみれた姿は見当たりません。もし虚栄心が残っていたら、おそらく夫人に声などかけなかったでしょう。一般庶民の姿になって、すっかり老け込んでしまった自分の姿をさらしたくないと思うはずです。

すべてをさらけ出し語るマチルドの姿には、むしろ清々しささえ感じられます。そこにあるのは実生活と向き合い、しっかり生きた人間だけが持てる自信とたくましさです。

あのときマチルドが首飾りをなくさなかったら、どうだったでしょう。舞踏会の成功に酔い、さらに社交界で認められようと虚栄心を燃え立たせ、現実の生活にさらに不満を募らせていたかもしれません。

若さは多少保ち続けられたかもしれませんが、はたして本当の意味での生きる自信や充実感、幸福感が得られたかどうか。夫婦はうまくいっていたかどうか。

その意味で、次の一文は非常に奥深いものに感じられます。

「あの日、首飾りを失くすようなことがなかったら、いったいどうなっていただろう。そんなこと誰にわかろうか、いったい誰が。人生はなんと不思議にできていることか！　ほんのちょっとしたことで、破滅したり、救われたりするのだから！」

私がオリンピックを見ないわけ

唐突ですが、私はオリンピックやサッカーのワールドカップなどのスポーツイベントにほとんど興味がありません。基本的にスポーツが苦手だということもあるでしょう。しかし、感情的に日本を応援するマスコミや観衆と、少なからず温度差があることも理由の一つであるようです。

もちろん、私自身には愛国心や国に対する熱い気持ちもあります。何だかんだいっても、外務省で日本の国益のために他国と渡り合い、尽くしてきたのですから。それに、アスリートたちの超人的な能力や努力はリスペクトしています。

ただし、テレビを見て日本選手を応援し、メダルの数や色にこだわることはありません。たしかに、スポーツや芸能には、私たちが日常では味わうことのできない興奮やカタルシスを得られるという役割があります。ただ、あまりにそれに傾倒してしまうのはどうなのか。本来は自らの努力や訓練、日々の積み重ねで自分なりの目標を達成し、そこで達成感や自己肯定感などを手に入れるのが自然です。

スポーツで不自然なくらいに熱狂するのは、普段得られない達成感やカタルシスをアスリートに託して昇華しようとしているからではないでしょうか。

掲揚される日の丸を見て国歌を聞きながら、あたかも自分が強くなったかのような、何者かになったかのような錯覚に陥ってしまう。

それと似たようなものに、国力や軍事力があります。個人的には、東アジアの軍事バランスを考慮すると、ある程度の防衛力を保持することは不可欠だと考えます。ただし、やみくもに軍備を増強して「強い日本」を求めるのも、脆弱な自らの存在や自我を埋め合わせるための補償作用なのかもしれません。

強くなりたい、勝ちたいという願望は誰にも多かれ少なかれあります。アスリートたちはこの気持ちが向上心になり、自分を肉体的にも精神的にも鍛えて強くなっていきます。

ただし、自ら努力することをせず、また自分を見極めようとせず、他人が行うスポーツや勝負ごとに自分を重ねて簡単にカタルシスを得ようとするのは危険だと考えています。

強い軍事力、強い日本を求める人たちにも、同じような構図が当てはまるのではないでしょうか。自分の属する集団や組織が強くなることで、自分の脆弱さが覆い隠された気になる。それだけでなく、あたかも自分が強くなったかのような錯覚に陥る。

こうした自己欺瞞は、実は私たちの生活のさまざまな場面で、無意識に行われているのだと思います。

『堕落論』は生き抜くことへの賛歌

弱くて脆い自分、ダメな自分を否定することなく、本当の自分の姿を見極めることこそが救いとなる、と説いたのが坂口安吾の『堕落論』(集英社文庫)です。『堕落論』が雑誌「新潮」に発表されたのは1946年4月。敗戦で社会が混乱し、価値観が大きく変わった時代です。誰もが生き抜くために必死でした。

お国のために命を捧げる覚悟を持っていた特攻隊の若者が闇屋や愚連隊になったり、銃後を守り貞操を誓ったはずの健気な婦人たちが娼婦に堕ちたり……。まさに道義退廃、荒れ果てた日本と日本人の将来に暗然としていた時代でした。

『堕落論』はそんな人々の迷いや嘆きを一掃するかのように、「人間は変わりはしない。ただ人間に戻ってきたのだ」と、力強い言葉で現状を肯定します。

生き抜くことはけっしてきれいごとだけでは済まされません。戦後の混乱で食うことに困れば、手段を選ばず稼がなければならない。ときには人を騙したり、ものを盗んだりすることもあるでしょう。

今の私たちが罪を犯さず行儀よく生きているのは、もしかしたら、たまたま不自由のない生活が送れているからなのかもしれません。

「人間は堕落する。義士も聖女も堕落する。それを防ぐことはできないし、防ぐことによって人を救うことはできない」

『堕落論』というと何やら退廃的に聞こえますが、実は逆。この作品は敗戦の混乱で自信を失い、自己を見失いがちになっていた当時の日本人へのエールであり、生き抜くことへの賛歌なのです。

「人間だから堕ちる」の真意

ただし、「戦争に負けたから堕ちるのではないのだ。人間だから堕ちるのであり、生きているから堕ちるだけだ」と安吾は述べています。戦争や敗戦といった極限状態でなくても人は堕ちる。普遍性のあるテーマだからこそ、当時の日本人に熱狂的に支持されただけでなく、今日まで作品としての価値を保っているのでしょう。

それにしても「生きているから堕ちる」というのはどういうことなのか。この言葉だけではピンとこない人も多いかもしれません。そこで、現代の身近な問題に置き換えて考えてみましょう。

たとえば少し前によく騒がれた不倫の問題です。結婚して家庭を築きながら、別の異性と関係を持ってしまう。道義的にはいけないこととされていますが、私たちはその気持ちや衝動を完全に抑えることができるでしょうか。

魅力的な異性を前にすると誰でもテンションが上がるものです。それが不倫という身を焼くような業火につながるかは別にしても、その火種は誰の心にもくすぶっているはず。でも、それこそが生物として生きていることの証であり、生命力そのものでもある。

実は安吾の『堕落論』を待つまでもなく、キリスト教にとって「堕落」は身近な概念です。人間は、アダムとイヴが楽園のリンゴを食べて堕落したところから始まったとするのですから。

人間とはそもそも堕落した存在であり、罪を犯してしまう存在なのです。仏教もまた煩悩という言葉で、人間の罪深さや弱さを明示しています。宗教的な見地からいえば、「生きているから堕ちる」というのは、むしろ当然のことです。

ダメな自分、弱い自分を受け入れる。

堕落というと何やら大層な話に聞こえるとしたら、「ダメさ」という言葉に置き換えてみるとどうでしょう。目先の欲望や快楽に流されてしまうのはよくあることです。ついお酒を飲みすぎたりギャンブルや風俗にハマったり……。

仕事でも、面倒なことをつい先延ばしにして、あとで大変な目にあうこともあります。そんなダメさや弱さは、誰もが多少なりとも持ち合わせているでしょう。

その弱さやダメさとどう向き合うかが課題となりますが、自分はダメ人間ではない、ひとかどの人物だと思いたいのが人情でしょう。自分は堕ちたくない。負けたくない。そのために一生懸命勉強していい大学に入り、一流企業に入る。資格をとったり、稽古事をはじめたり、人によっては格闘技やジムで体を鍛えてみたり——。

一見前向きで建設的ですが、たんに自我や自己と向き合うことを避け、ごまかすために社会的な隠れ蓑を身につけているだけかもしれません。それによって安心し、自己満足しているだけなのかもしれないのです。

『堕落論』の中で、安吾は日本人の欺瞞を鋭く指摘しています。たとえば戦時中、作家は未亡人の恋愛を描くことを禁じられていました。軍人は恋愛を理解しない野暮な神経から禁止したのではなく、むしろ女性の移ろいやすい繊細な気持ちを理解していたからこそ、それを禁止したのだと指摘します。

武士道もまた禁欲的で献身的な規範があるため、それが外国人には新鮮に映るのでしょうが、安吾にいわせれば逆。日本人は一番闘争心や敵対心がない国民であり、進んで二君に仕えるし、昨日の敵は今日の友といった楽天性があるというのです。

そんな呑気な人間たちを戦いに駆り立てるには、武士道という無骨千万な仕組みをつくらざるを得なかった——。

安吾は天皇制にも同じようなカラクリを見ます。私たちは、得てしてそうしたカラクリや規範に忠実に従い、その集団に属していることで自分を肯定し、あたかも強くなったような、あるいは価値が高まったかのような錯覚を起こしがちです。

オリンピックやワールドカップで勝つと強くなったように感じ、自国の軍事力が強くなるとまるで自分が強くなったように感じる。これらの根っこは同じです。

戦後日本人の最大の欺瞞とは

大事なのはリアルに物事を見極める力です。『堕落論』を読むと、本当の自分をしっかり見つめ直せ、自分の弱さやダメさと向き合う強さを持てと、叱咤激励されているかのように感じます。そのためにはありがちな価値観や仕組みの中で自分自身をごまかすのではなく、しっかりと堕ちるときには堕ちること。

日本は負け、そして武士道は亡びたが、堕落という真実の母胎によって始めて人間が誕生したのだ。生きよ堕ちよ、その正当な手順のほかに、真に人間を救い得る便利な近道がありうるだろうか。

ところが現実はどうだったか。日本は敗戦を終戦と言い換え、負けをごまかそうとしたところから戦後が始まったといえます。安吾が最も忌み嫌う「自己欺瞞」です。

日本が右肩上がりのころは勢いがあり、こうしたことも明らかになってはいませんでしたが、欺瞞のツケは今になってさまざまなところに噴出しています。少子高齢化、財政破綻、経済の衰退……。この国の政治家も官僚も、国民も、問題の本質と向き合おうとはしません。

堕ちゆく国家を見極める冷静さと強さがないばかりか、再び「美しい日本」「一億総活躍」など、何とも表層的な言葉でごまかそうとしている気がします。

自分を見つめ直す生き方

国家だけではなく、私たち一人ひとりにとっても、自己を正しく認識するのは難しいことです。勝ちたいという気持ちから負けを認めようとしなかったり、空虚な自我に気づきたくないために何かしらの権威にすがったり、見栄や体裁にこだわったり……。

それればかりか、見たくない現実や自己像を他人に投影して非難する人もいます。最近よく週刊誌が騒ぎ立てる不倫にしても、ツイッターやブログの炎上にしても、そのような傾向があります。

第3章でも触れましたが、姦淫の罪を犯した女に石を投げようとしている人々に対するイエスの言葉が象徴的です。

「あなたたちの中で罪を犯したことのない者が、まず、この女に石を投げなさい」(ヨハネによる福音書8章7節)。イエスの言葉に民衆は一人また一人と去っていき、最後にその場にイエスと女だけが残ったのです。

自分を正直に省みれば、誰もが何らかの罪や過ちを犯していることに気づくはずです。自分を見ないようにしている人ほどヒステリックに他人を責め、自分を正当化させて安心しがちです。自分を省みることができていれば、人は他人にも寛容になれるはずです。

ただし、「生きよ堕ちよ」と叫ぶ安吾ですが、同時に人間は堕ちぬくことはできないだろうともいいます。なぜなら人間は可憐で脆弱で、堕ちぬくには弱すぎる。結局、人間は武士道や権威などの価値観やストーリーをつくり上げ、それによって救われようとするのです。安吾はそれ自体を否定しません。

大切なのは、それがステレオタイプな価値観でつくられたものではないこと。ギリギリのところで捨てきれない良心だったり、家族など大切な存在だったり、自分なりの主義や掟だったり……。自己の内面から生まれたものであることが大切なのです。

ここまでわかれば、安吾の「堕落」はけっして淪落でも退廃でも反社会的なことでもなく、至極まっとうなことをシンプルにいっているだけだと気づくでしょう。

何にも拠らず自己を見つめる目を持つこと、自己省察の鋭利な刃を常に自分に向けること。その力があることが唯一の救いであり、本当の強さを持った自己をつくる唯一の道なのです。

若い人にこそ必要な「堕落」と「落伍」

「堕落」という言葉自体、今の若い人にはなじみがない言葉かもしれませんが、戦前は今よりもっと身近な概念でした。デカダンスと同じような用法や意味で、むしろ若者の流行りの言葉でもありました。

少し世をすねたように、斜に構えて世間の価値を疑ってかかる。わざと世の中から外れた生き方をする。「デカダン気どり」などという言葉もあったくらいで、今よりずっとポピュラーな概念だったのです。

そんな言葉はもはや死語になってしまいました。最近の高校生はほとんど授業もサボらなければ、街で友達同士で時間を潰すことも少ないと聞きます。社会の目が厳しくなって、学校側も指導を強化していること、優良企業への就職は常に困難で、大学受験から就職活動へという一連の流れの中で、学生たちにも時間を無駄にしたくない、余計なことをしたくないという気持ちが強いのかもしれません。

人生の階段から足を踏み外す、競争に負けて一生大変な目にあったり、不幸になってしまう――。右肩下がりの時代、そんな強迫観念が若い人にあるのかもしれません。

誰もが社会の上を目指し、振り落とされないように社会の流れと価値観にしがみつく。何としても生き残りたい。そのために人生の寄り道をしている暇などないという人にとって、「堕落」などというのは論外の概念でしょう。

そう考えると、何とも厳しく窮屈な社会になってしまったものです。結局、規格化された価値や生き方から外れることができないとなれば、その閉塞感の中で異分子を排除するいじめが起きるのは必然です。他者を排除することで、自分の生き残りを図るわけです。

同時に、そのような環境では他者を見下すことでしか自分を確認できなくなります。そうなると、心の通った友人や仲間をつくることも難しくなるでしょう。それは人生を長い目で見たとき、大きな損失だと思います。

「堕落」という概念は、そんな閉塞を打ち破る力を秘めているように感じます。世の中の価値観や基準から外れ、自我を見つめ直すことで、自分にとって最も大切なものを見極められるからです。それは、与えられた価値や基準を相対化することにもつながるでしょう。物事を相対化するとは、すなわち視野が広がるということです。

安吾は郷里の新潟中学（現新潟県立新潟高等学校）から、遅刻や早退、欠席などの態度不良で放校処分にされてしまいます。そのとき、自分の机に「余は偉大なる落伍者となっていつの日か歴史の中に再びよみがへるであらふ」と彫ったそうです。外れること、落伍し堕落することによってしか見えてこない世界があるのです。

今の若者に「落伍しろ」「堕落しろ」とは言いきれませんが、このような本を通じて、これまでとはまったく違った見方を知る。そのことだけでも、得るもの、変わるものがあるはずです。

『首飾り』モーパッサン

『モーパッサン短篇集』(ちくま文庫)に所収

この一文

「人生はなんと不思議にできていることか！　ほんのちょっとしたことで、破滅したり、救われたりするのだから！」

借金を完済したマチルドが窓辺に座って舞踏会を回顧しながら思うセリフ。首飾りをなくしていなければ彼女ははたして幸福になっていたか？　むしろ虚栄心から決別できたきっかけだったと考えると、より意味深い言葉に。

『堕落論』坂口安吾／集英社文庫

この一文

「だが人間は永遠に堕ちぬくことはできないだろう。…人間は可憐であり脆弱であり、それゆえ愚かなものであるが、堕ちぬくためには弱すぎる」

「生きよ堕ちよ」、ただし同時に人間は堕ちぬくほど強くない。極悪人にはなれない。人間はどこかで救いを求め、自分なりのギリギリの良心や規範、価値やストーリーをつくり出す。それがお仕着せの価値ではなく、自分なりのオリジナルのものであるかが問われる。

第6章

運命と選択について

『私という運命について』

白石一文／角川文庫

大手メーカーの営業部の総合職として働く冬木亜紀。社内恋愛で結婚寸前までいくも、将来は造り酒屋を継ごうとする佐藤康のプロポーズを断る。傷心の康は別の女性と結婚するがその後離婚。10年後、再び仕事で康と出会った亜紀は、運命の相手として康と結婚し、新たな命を宿すが……。時代の流れと女性の価値観、生き方が揺れ動くなかで運命とは何か？　人生とは何かが問われる。

『羊と鋼の森』

宮下奈都／文藝春秋

2016年の本屋大賞を受賞した大ヒット作。北海道育ちの主人公の外村は、高校生のとき学校にやってきたピアノの調律師の技術に魅せられ、専門学校を卒業後、その調律師の楽器店に勤める。ベテランの先輩の仕事を手伝うも失敗を繰り返し、自信を失い、葛藤する。クラシックのこともピアノのこともよく知らなかった外村が、さまざまな努力をしつつ成長していくストーリー。

〝選択したつもり〟にさせられている

たいていの人は、これまでの人生で進学も、就職も、あるいは結婚も自分の意思で選択したと思っているはずです。しかしよく考えてみると、社会の価値観や周囲の人に影響されて「選ばされた」ということはないでしょうか。

今や日本の高校生の約6割が大学に進学します。そうなると、自分が大学に行くことに何の疑問も持たない。大学ではほとんどの人がする就職活動を自分もする。「適齢期」になったら自分も結婚しなければと考える……。

主体的に選択しているように見えても、結局のところ社会の流れに任せているだけだったり、与えられた選択肢の中でしか決めていないことが多いのではないでしょうか。

現在と比べるなら、戦前の農村などはるかに選択肢が少なかったし、制約が多かった。たとえば、長男は家督を継ぐために家や土地から離れることが難しく、女性は進学するより早く結婚して子どもを産むことが求められた。

そんな時代に比べれば、たしかに現代の私たちの自由は増えたといえます。でも、本当に主体的に自分で選択しているのかどうか。すでに述べたように、社会の価値基準によってすでにある程度は決められていたり、当然そうするべきものだという、一種の刷り込みがあったりする。

人間が社会的な動物である以上、社会の基準や規範から完全に自由であることはありえません。自由な選択といっても、おのずと制限がついているのは当然のことでしょう。そのことを理解し、意識していることが重要なのです。

怖いのは不自由な現実そのものというより、そのことに気づかず、自分が主体的に選択しているという錯覚のほうだと思います。

一方、自分の力ではどうすることもできないものを、人は「運命」とか「宿命」と呼んでいます。この「運命」や「宿命」だと感じているものも、実はたんに他人や社会から押しつけられたものだったり、刷り込まれたものであったりすることもあります。

変えられないと思ったものが変えられたり、選択できないと思っていたものが、実は簡単に選択できたり……。そういう錯覚や誤解は、今の世の中でも多くあるはずです。

私たちが普段簡単に口にしている選択の自由、運命や宿命という言葉も、そう考えると実にあいまいで不確かなものだとわかります。自由な選択と運命や宿命、この関係を今一度問い直し、考えてみることも必要です。

「一億総活躍社会」の裏にあるもの

たとえば、第三次安倍内閣は「一億総活躍社会」というスローガンを掲げています。少子高齢化の中で、国民全員で力を合わせて今後の日本を盛り立てていきたい、というような意図があるのだと思います。

しかし、どうもその真意が掴みにくい。そもそも今、日本の人口は約1億2400万人です。安倍首相はそのスローガンで出生率を1・8にするという目標を立てていますが、結局は将来的に一億人という数字まで下げることを織り込み済みなのでしょうか？

いずれにしても、一億人という数字でどう国力を保つかという話なのです。すると女性も男性と同じように働いてもらわなければならない。安倍政権では女性活躍担当相が据えられて女性の社会進出を促しています。

それ自体は、女性の職業選択の自由度を高める意図から行われているように見えますが、一方では労働力を確保して国力を維持しようとする、上から目線の政策でもあるわけです。

女性の労働力を安い対価で介護など高齢者サービスに振り向けようとする意図もあるのでしょう。また、男女共働きを推進することで、男性がリストラされるなどして簡単に貧困層に落ちてしまい、生活保護が必要な家庭を増やしたくないのではないか。

そこまでの含みがあったうえでの「一億総活躍社会」なのかもしれません。聞こえのいいスローガンの裏には、さまざまな意図が含まれているものです。

また、解雇規制を緩和するという政府の方針には、人材の流動性を増して転職を自由にするということ以上に、正社員のリストラが簡単にできるようにしたいという経済界の意図があります。政策が何を意図しているのかをしっかり意識したいものです。

実は、同じような流れが今から約30年前にもありました。それが1985年に制定された「男女雇用機会均等法」です。職場における男女差別を排して平等にしようというものでしたが、その半面、女性保護のための時間外労働や深夜労働の制限も撤廃されました。

表向きは女性の社会進出を促す法律で、企業には女性管理職も積極的に登用することが求められました。いわゆる総合職の登場です。実力があれば男性と同じように昇進して管理職からマネジメント分野まで、男性と遜色ないキャリアが築けるようになったのです。

ところがその後10年、20年が過ぎて、当時持ち上げられていた女性総合職はどうなったか。少なくない人がキャリアの途中で壁に当たり、その先の道を閉ざされるケースが多く見られました。結局は企業が女性の労働力を資本のシステムにとり込んだだけです。

同じような構図が、今回の「一億総活躍社会」とか「女性活躍」という言葉に見え隠れしています。私たちは、上からつくられた価値やスローガンに気をつけなければなりません。さもないと、思いもしない現実に突き当たるかもしれません。

運命について考えさせられる一冊

そんなことを考えるうえで、白石一文氏の『私という運命について』(角川文庫)という作品は参考になります。話はバブルが崩壊し、日本経済が右肩下がりになり始める1990年代から2000年代初頭です。

主人公の冬木亜紀は男女雇用機会均等法で女性の総合職が注目されたころ、まさに総合職として入社しバリバリ働きます。しかし社内でつき合っていた佐藤康と結婚寸前までいくのですが、新潟県長岡市にある造り酒屋の長男である康は、ゆくゆくは実家に帰って家業を継ぐことを考えているのです。

総合職で仕事を続けたいと考える亜紀は、地方の造り酒屋に自分が身を埋めることなど考えられない。そこで康のプロポーズを断ってしまいます。失意のうちに康は一般職のOLと結婚してしまう……。

当時はこんな話がよくあったのではないでしょうか。女性のほうは社会の流れに敏感に乗り、社会でキャリアを積みたいと希望に燃えている。一方の男性は、いざ結婚となると旧態依然とした「家」の論理から離れることができない。男性のほうが基本的に保守的で、女性のほうが新しい価値や流行に敏感に適応するものです。

ただし、先ほども触れたように、女性の社会進出や職業選択の自由を実現した雇用機会均等法の裏には、女性の労働力をとり込もうとする為政者の意図があります。現実には、総合職という華々しい呼称とは裏腹に、多くの女性は男性と同じように出世することができず、早々に先が見えてしまう。亜紀もまた福岡に転勤が決まり、先が見えてくる。

一方OLと結婚した康は結局、相手とうまくいかず離婚してしまう。そして国際事業部長に昇進した康と再会した亜紀は、康と結婚して子どもをもうけるのです。最初のプロポーズを断って約10年、主人公も40歳近くになっている。ずいぶん回り道をしながら、結局は康と結ばれるわけです。

一見ドラマチックなストーリーですが、亜紀のようなケースは多いのではないでしょうか？　女性総合職という華やかな職種でシャカリキに頑張って、結局思ったような出世やキャリアアップを図れず、気がついたら年をとってしまった。

人生の選択を自分の意思でしているつもりが、実は国家や社会がつくり上げた基準や価値に乗っていただけ。そんな皮肉な現実がこの小説の背景にあるのです。

断定することの強さと怪しさ

話の中で重要な位置を占めているのが、康の母である佐智子です。亜紀が康のプロポーズを断ると、一通の手紙を亜紀に送ります。それは熱烈な母親からのラブレターでした。康には亜紀しかいないこと、そして「亜紀さん。あなたはどうして間違ってしまったのですか？　あなたのような賢い女性でも、時として過ちをおかすものなのですね」「あなたがこの佐藤の家に来て、この家を継ぐ子供を産んでくれるに違いないと直観したのです」とくくられています。

何とも恐ろしい手紙です。結婚するのは息子なのに、母親のほうが勝手に息子と亜紀が結婚するべきと断定している。亜紀を評価しているように見えますが、その背後には家を継ぎ子どもを産んでほしいという、封建的で女性蔑視だともいえる考え方があります。

佐智子のこの手紙が、一種の刷り込みのように亜紀を縛っていきます。

「亜紀さん。選べなかった未来、選ばなかった未来はどこにもないのです。未来など何一つ決まってはいません。しかし、だからこそ、私たち女性にとって一つ一つの選択が運命なのです」と佐智子は言いきります。

選択することと運命の関係が、ずいぶん強引なレトリックで語られています。本来、自ら選択することは自由な意思であり行動の結果です。その選択がそのまま運命になるというわけです。

康と結婚することを選択することで、それは亜紀の運命になる。その運命を受け入れるべきではないかというわけです。そもそも康と結婚することが最初から決まっているのだとしたら、そこに選択の余地はありません。

そう考えると佐智子がいっていることは、ずいぶん無理のある理屈であることがわかります。ところが、得てしてこういうふうに言いきられたり、断定されたりすることに人は弱い。特に迷っていたり悩んでいたりするときなどには、論理的には破綻していても、強い口調で断定されるとそうなのかと思ってしまう。

亜紀もこの手紙がずっと自分自身を縛っていきます。結局は康のプロポーズを断って10年という歳月を経て康と結婚するわけですから、手紙は見事に効力を発揮したといえるでしょう。まるで暗示をかけたかのように、亜紀の人生を縛ったのですから。

社会規範から逃れることはできない

亜紀は総合職でバリバリ仕事をするキャリアウーマンのようですが、結局はつき合っていた男の母親の手紙に縛られるという、周囲に影響されやすい人物だとも解釈できます。

このようなことは、さまざまな形で私たち自身にも起こっています。つまり、常識とされていることを、私たちは疑いもなく受け入れてしまっている可能性がある。

たとえば「男はこうあるべき」「女性はこうあるべき」とか、「家族は仲よくしなければいけない」とか「親はこうでなければならない」というような常識とされていることも、よく考えると実は〝刷り込み〟である可能性もあります。

一見自由な現代でも、そのようなストーリーと刷り込みが社会を覆っています。国家、企業、学校やコミュニティ……それぞれ独自の価値観とストーリーがあり、私たちは知らない間にそれに沿った行動や判断をしているのです。

マスメディアを通して流される大量のコマーシャルなども、最新の心理学、行動科学などに基づいた理論で私たちの意識と無意識に働きかけています。それによって、商品の購入を促しています。私たちは自分の意思で商品を選択しているようですが、実際はうまく欲望を刺激され、買わされているにすぎません。

国家にしても、大衆をうまく扇動して負のエネルギーを別のものに向けることはよくあります。中国や韓国が日本との領土問題を喧伝して反日思想や反日行動をあおるのも、自国内の不満をそらすためだということは明らかです。

日本も嫌韓、嫌中などナショナリズムの方向に振れている現状を見ると、けっして他国を非難できる状況ではありません。そこに何か大きな思惑や意図がないか、客観的に全体を見渡す必要があるのです。

個人的な領域から国家的な話まで、私たちはストーリーの中で知らず知らずに影響されたり、洗脳されたりしています。特にマスメディアやSNSなどのコミュニケーション手段が高度化している現代ほど、その怖さがある。

そこで選択していると考えていることが選択させられているだけだったり、運命だと思ってあきらめていることが実はそう誘導されているだけだったり……。現代社会に生きている私たちは、そういうことから完全に自由になることは不可能だとしても、そのカラクリの存在に気づいていることが大切です。

自分でストーリーをつくれる人が強い

では、選択と運命というものをどう考えたらよいでしょう。私自身は、運命という実態が存在するとは考えていません。運命と感じるのはそれぞれの解釈の仕方なのだと思います。つまり、自分の選択が正しかったと解釈できるストーリーを後からつけることができるかどうか。

たとえば、医学部を目指していたが落ちてしまった。それにとらわれて、もっといい高校に行っていたら入れたのにとか、医者になれなかったから今のように収入が低くなってしまったとか、自分の過去と現在、未来にまでわたって悲観したり否定したりする人がいます。こういう人は、ストーリーのつくり方が下手だといえます。

そうではなく、だからこそ今のパートナーに出会えた、親しい友人を得られた、あの挫折があったからこそ今の自分がある、などと考えることもできるはずです。

自分の選択をあたかも導かれた運命のように感じること。それが現状を肯定し、前向きかつ主体的に生きることにつながる、上手なストーリーづくりなのだと思います。

あるビジネスパーソンから聞いた話では、特に最近の若い世代は仕事や課題を与えたときに先に正解が何かを求めたがるというのです。何が正解で何が不正解なのかを気にしすぎて、なかなか行動に移せない。

その人がいうには、正解を探すのではなく、正解にしてしまう力が必要なのだとか。もちろん、ある程度の予備知識や情報は必要でしょうが、自分なりに仮説や理論を立てて、まずは行動してみる。

大企業に勤めるその人自身、数年前に突然の辞令でそれまで前例のない新規事業開拓の部署に異動しました。前例がなく誰にもノウハウがないなかで、新しい社員教育の方法論をつくり出したそうです。

今ではそのノウハウをほかの企業がとり入れたいとオファーが来るようになり、社内の一部署として確固とした存在感を持つようになっています。まさに正解が最初からあるのではなく、正解にしてしまった事例でしょう。

一つひとつの選択そのものに、最初から明確な正解や不正解があるわけではありません。問題は、選択した後でそれが正解だったといえるように行動することであり、自分なりの解釈ができるかどうか。つまり、「正解にしてしまう力」があるかどうかが問題なのです。

その点で、小説の中の「一つ一つの選択が運命」だとする佐智子の言葉は意味を持つと思います。正解を求めて選択するのではなく、選択することに意義がある。その選択を正解にする、つまり運命イコール必然と感じられるようにすることが人生であると。

たしかに主人公の亜紀も康も、結局のところ正解を求めすぎて人生を踏み出すことができなかったといえるかもしれません。選択肢が多い、つまり自由な時代になるほど陥りやすい落とし穴だといえそうです。

現実は偶然の断片かもしれませんが、それを有意味につなぎ合わせる力、いい意味でストーリーをつくり上げる力、つまり自分の選択を正解にしてしまう力を持つことが、この時代を生き抜く強さなのかもしれません。

その際には、やはり読書が大きな力になります。古今東西の良書を読んでさまざまな人生を疑似体験すれば、ストーリーを組み立てる力が高まるからです。

「すごい人」と出会えるかが重要

自分の選択を正しいものにする力を肯定的に捉えた作品に、宮下奈都氏の『羊と鋼の森』（文藝春秋）という小説があります。

自分ははたして今の仕事に向いているのか、続けていく才能があるのか――。誰しもそんな不安に襲われる瞬間があります。この作品は、主人公の外村（とむら）が本人の努力と周りの協力によって、迷い悩みながらも調律師として成長していくという話です。

どちらかといえば地味な高校生活を送っていた主人公は、ある日、学校を訪ねてきた一人の調律師、板鳥に出会います。体育館にある古いピアノを調律するその姿と、見違えるような音色を奏でるピアノに感動した外村は、思わずその場で弟子にしてほしいと直訴します。

板鳥の導きで専門学校に通い、卒業後は彼が勤務する楽器店に勤めます。音に対する感性と、それを再現する微妙な調律の技術。調律師の世界は芸術家と職人のちょうど中間、才能と適性、努力のいずれも求められる厳しい世界です。

主人公は先輩と一緒に顧客を回りながら調律を学んでいくのですが、先輩二人の仕事ぶりに圧倒され、はたして自分が調律師としてやっていけるのか、不安になります。もちろん最初からうまくできるはずがありません。調律した先からクレームがついたり、依頼がこなくなったり、自分の力のなさと現実に打ちひしがれます。

私自身も、外務省で仕事をするなかで圧倒される人物にたくさん出会いました。その一人が現カザフスタン大使の川端一郎さんです。

川端さんはとにかく天才的な語学力の持ち主で、学生時代に本人はロシアに行ったことがないのに、ネイティブと変わらない流暢なロシア語を操ります。「この人には一生かなわない」と本気で感じました。

各国のインテリジェンス機関にも有能な人がいました。ソ連崩壊のシナリオを描き、エリツィン大統領のときの国務長官だったゲンナジー・ブルブリスは、突出した政治家であるだけでなく深い教養の持ち主でした。ウラル大学の哲学部を卒業し、哲学博士で神学にも造詣が深かった。

エフライム・ハレヴィ元モサド長官も衝撃を受けた人物の一人です。

周辺アラブ諸国の過酷な圧力の中で生き延びるために、イスラエルには最高のインテリジェンスが求められていました。頭脳、行動力、体力、人間力……、およそすべての能力が抜群に秀でている人物しか情報機関であるモサドに入ることは許されない。

そんなモサドを率いる人物ですから、その能力たるや推して知るべしでしょう。

なぜか私はブルブリスにもハレヴィにも気に入られ、さまざまなことを教えられました。

伸びる人と伸び悩む人の違い

仕事を始めた最初の段階で、圧倒されたりすごいと思える人にぶつかったりするのは幸運なことです。その衝撃は自信を失わせたり、不安にさせられたりしますが、その洗礼を受けるかどうかは、その後の仕事人生を大きく左右します。

私の経験上、その洗礼を素直に受け入れた人ほど、その後伸びていくケースが多いようです。よくいるのが、入社直後はホープとして期待されながら、その後は伸び悩んでしまう人。最初からある程度仕事ができてしまう人ほど、どこかで仕事をなめてかかるようになって、結局はある程度のところで止まってしまうのです。

仕事を教えてもらうには、師と仰ぐ人の懐に飛び込めるかどうかが大きい。小説の主人公も先輩たちに必死で食らいついていきます。私もまた、この人に学びたいと思う人には積極的に近づきました。

ただし、私の場合は相手が政治やインテリジェンス関連の人物であり、またかなり立場が上の人物が多かったので、ガツガツしすぎないように気をつけました。何としても近づきたいと変に肩に力が入ると、かえって相手に警戒されたり敬遠されたりするからです。

私はあえて仕事の話ではなく、私が傾倒していた神学や哲学の話をしました。最初は仕事の話をほとんどせず、できるだけ素の自分を見せる。それが相手にとっては珍しく、面白い人間だと思われたのかもしれません。

政治家や高級官僚、あるいはインテリジェンス・オフィサーを相手にうまく立ち回ろうとしても、彼らには豊富な経験と鋭利な観察眼があるので、本性を鋭く見抜かれてしまいます。そういう相手には、どこか愚直に、自分をさらけ出していくほうが効果的なこともあるのです。

ハンディは必ずしもマイナスにならない

柳と秋野という二人の対照的な先輩から、主人公の外村はさまざまなことを学んでいきます。柳は持ち前の如才のなさと会話術で顧客と親しい関係を築く技術に長けています。外村にはそうした社交性がなく、自分にはない力に外村は落ち込みます。

一方、秋野は職人気質です。愛想も悪く一見ぶっきらぼうですが、仕事は緻密で徹底しています。調律における二人のやり方の違いも、外村は一緒に顧客を訪問しながら比較し、学んでいくのです。

外村はなかなか器用に仕事をこなしていけないのですが、結果的にそれが主人公の武器になっています。最初から器用にこなす人は先輩たちから警戒されます。先ほども触れましたが、下手に仕事ができる新人が伸び悩むというのは、先輩たちから用心されて教えてもらえないという部分も大きいでしょう。逆に不器用な人物は、叱られながらもかわいがられて教えてもらえる。

何かしらのハンディがあるというのは実は強みであり、プラスに転化できるということは、私自身も体験しています。私は逮捕、勾留され失職したという境遇から作家活動が始まりました。だからこそ、出版社や担当者の人は不遇な新人作家を「何とかしてやろう」と支援してくれた。そのような部分も大きかったはずです。

本人がそれを意識して努力したり、周囲の人が協力してくれたりすれば、ハンディがあることは必ずしもマイナスにはならないのです。

本当に好きな仕事なら食べていける

結局、ある分野でものになるかならないかは、才能以前に「好き」であるかどうかです。高校を卒業する前、同志社大学の神学部以外にも受かっていたところがあって、進路でずいぶん悩みました。

その際、埼玉県立浦和高等学校で倫理社会を担当していた堀江六郎先生に、「神学じゃ将来食べていけませんよね」と聞きました。すると、「佐藤くん、本当に好きなことをやっている人で、食べていけない人は一人もいません。ただし、本当に好きなことに限られますよ」といわれたのです。

その言葉で、私は同志社大学の神学部に進むことに決めました。今自分の周りを見ても、本当に自分の好きなことをしている人は、みんな自分の人生を生きています。

好きだという時点で、すでに才能や適性があるのです。主人公が最初に調律師と出会い、その仕事を見て感動した時点で、それは明らかでした。

もし今の仕事に何かしら違和感があり充実感がなかったとしたら、本当に好きな仕事かどうかを問い直してみたほうがいいかもしれません。

特にエリートほど、本当にその仕事がやりたくてやっているわけではない人が多くいます。日本で最難関とされる東大理Ⅲには、天下の秀才たちが集まります。ただし、その中で本当に医者になりたいと思って入った人は、いったいどれくらいいるでしょうか。秀才だけに、自分の力を試したい、認めさせたいという理由で理Ⅲを受けている人もいます。

大学を出て官僚になる人も、もともとは「親の期待に応えたかった」「世間的に聞こえがいい」「将来的に安定している」などの理由でしかないことが多いのです。

そういう人が職場に入って最初にぶち当たるのが、自分が思っているほど仕事ができないという現実です。でも、それは至極当たり前。たとえば、何十年もロクロを回して茶碗をつくっている名人の下についたからといって、いきなり同じレベルの茶碗をつくれるはずがありません。

どんな仕事であれ、職人的な要素があります。偏差値80以上の超秀才でも、いきなりその部署の先輩や上司と同じように仕事ができるわけがない。ところがこの簡単な理屈をエリートほど理解できないのです。そのため、先輩のいうことを聞かずに我流で押し通そうとしたり、いきなり挫折して心を病んでしまったりする。

その点、才能が自分にはないのではないかと悩みながら必死で先輩たちに食らいつき、何とか成長しようと頑張る主人公の姿には好感が持てます。

この小説全体が明るく救いがあるのは、そんな前向きな姿勢と、成長する人間に対する肯定的な視線が根底にあるからです。

職人的世界にも生きる道がある

主人公は失敗し先輩から叱られながらも温かく見守られており、恵まれた人間関係の中にいます。それを導き出したのは、主人公の鈍重なまでの一途さや真面目さです。

同時に、ここで描かれているのが、調律やピアノという職人や芸術の世界だということも大きい。職人や芸術の世界は基本的に個々人が独立した世界です。同じ世界にいる人間同士、深い部分でわかり合えるものがある。主人公の外村と先輩たちの関係も、さまざまな葛藤はあるものの、調律という世界でお互いの技術や仕事をリスペクトしながら、いい距離感で関係性を築いていることが窺われます。

個々の技術と能力に裏打ちされた関係は、発展的、生産的なものになり得ます。しかしそうしたものがはっきりしないと、ときにお互いが足を引っ張り合うような非生産的な関係に陥る可能性がある。

その点で一番危ういのが、お役所のような組織でしょう。お役所の仕事は、基本的にものを生産し価値をつくり上げるものではありません。予算が最初にあって、それをどう使い、消化するかが問われます。新しいものや価値をつくり出す加点的な仕事ではなく、ミスをしたりマイナスをつくらないようにしたりする減点法で評価される仕事が多いのです。

右肩下がりの経済状況では、一般企業でもこうした状況に陥っている組織は多いでしょう。そういう組織では、残念ながら人間関係も非生産的なものになりがちです。

不信感や疑心暗鬼の中で、お互いの存在をリスペクトすることなどほとんどない。互いに相手の失敗を望むような、負の関係が築かれていく。このような組織では、おそらく外村のような不器用な人は格好の標的にされるでしょう。

そうやって、誰かをスポイルすることで成り立っている組織や社会もあります。その中で不遇な目にあっている人は少なくないはずです。もし読者の中に自分がそうだという人がいたら、くれぐれも自分を否定しないことです。

そのような負のスパイラルの組織でうまく立ち回れるのは、それに対する特殊な適性がある人。それに順応できないのは、能力のせいではなく、たんに適性がないというだけのことです。

組織でうまく立ち回れない人は、それこそ主人公のように、職人的世界でこそ大いに力を発揮できるかもしれません。自分にもし好きなことや好きな分野があれば、その世界で再出発を図ることも人生戦略の一つです。

才能は絶対条件ではない

『羊と鋼の森』は2016年の「本屋大賞」を受賞しました。これは書店員の人たちが選ぶ賞ですが、現場の人たちに支持されたのは、この小説に前向きさと明るさがあるからでしょう。

小説というのは時代を鋭く切り取るものであると同時に、人間の変わらない力とか可能性、理想を描くものでもあります。最近は現代の病的な時代を切り取ろうとする作品も多く、ときに読んでいて息苦しくなるような小説もあります。登場人物全員が病的で奇矯で、まともな人物が誰もいないような作品も多いのです。

その中で本作は、主人公がさまざまな葛藤を経ながらも、調律師として次第に成長していく力強い世界を描いています。

一人の人間の成長を描くという点において、かつてドイツにビルドゥングス・ロマーン（教養小説）という分野がありました。ドイツの文豪ゲーテやシラーから始まり、その後のトーマス・マンに至る系譜で、一個の人格がさまざまな人間関係と経験を通して成長していく姿を肯定的に描いた小説の一分野です。

登場する主人公はけっしてエリートでも才能あふれる人でもありません。どこにでもいる一般的な少年や青年が、成長し成熟していく過程を描いているのです。才能や能力ではなく成長すること自体に大きな価値を置く。『羊と鋼の森』は現代に甦ったビルドゥングス・ロマーンだということができるかもしれません。

病的で暗い時代であるがゆえに、このような前向きな小説が喜ばれる。これは最初に紹介した又吉直樹さんの『火花』にも通じる点です。ちょうど草木が常に陽の光を求めて成長するように、人間の精神もまた暗い状況でこそ明るさを求めるのかもしれません。

競争して勝ち残ることが良しとされている今の時代は、「才能」や「天才」に憧れを求めがちです。しかし人生に必要なのは、突出した才能でも、まして天才でもありません。

特異な才能や天才は、必ずしも人を幸福にするわけではない。そのことは、多くの天才と呼ばれる人たちの足跡をたどると見えてきます。孤独の中に不遇の人生を歩んだり、狂気の果てに非業の最期を遂げたりした人物も多くいます。

私たちが幸福に近づくカギは、才能の有無というよりも、真面目に仕事にとり組む中で着実に成長が実感できたり、そこで職人的な技能を身につけたりすることで、生活の糧をしっかり得る力をつけられるかどうか。

教えられたり教えたりするその過程で、お互いが成長するかけがえのない人間関係を築くことのほうが、ずっと価値があることだと考えます。

大きく成功したり名声を勝ち得たりするには、特別豊かな才能が必要になるかもしれません。ただし、それが見せてくれる世界は、意外にそれほど広くも深くもない気がします。

この物語で、その後の主人公が調律師として名声を博するかどうかはわかりません。でも、好きな分野で地道に努力する過程で、人は確実に得るものがある。それを続けることで得るものは、おそらく大きくて深い。そんなことを予感させてくれる、前向きで力強い小説です。

『私という運命について』
白石一文／角川文庫

この一文

「亜紀さん。あなたはどうして間違ってしまったのですか？　あなたのような賢い女性でも、時として過ちをおかすものなのですね。（中略）あなたを一目見た瞬間、私には、私からあなたへとつづく運命がはっきりと見えました。あなたがこの佐藤の家に来て、この家を継ぐ子供を生んでくれるに違いないと直観したのです」

冬木亜紀が佐藤康のプロポーズを断った後に、康の母、佐智子から一通の手紙が。そこに書かれていたのがこの文章。康と結婚する運命と子どもを産んでくれるはずという勝手なストーリーに、なぜか亜紀は呪縛されてしまう――

『羊と鋼の森』宮下奈都／文藝春秋

この一文

「森に近道はない。自分の技術を磨きながら一歩ずつ進んでいくしかない……」「でもやっぱり、無駄なことって、実は、ないような気がするんです」

芸術や職人の世界は努力すれば報われるとは限らない。しかし当初の目標は達成できず挫折しても、好きなことに向かって努力した人は、そのことでしか得られないものを確実に得る。そう考えれば無駄な努力はひとつもない。

本書は、『BIG tomorrow』誌の
連載「佐藤優の迷いが晴れる読書術」
を基に加筆・再構成したものです。

青春新書
INTELLIGENCE

こころ涌き立つ「知」の冒険

いまを生きる

“青春新書”は昭和三一年に——若い日に常にあなたの心の友として、その糧となり実になる多様な知恵が、生きる指標として勇気と力になり、すぐに役立つ——をモットーに創刊された。

そして昭和三八年、新しい時代の気運の中で、新書“プレイブックス”にその役目のバトンを渡した。「人生を自由自在に活動（プレイ）する」のキャッチコピーのもと——すべてのうっ積を吹きとばし、自由闊達な活動力を培養し、勇気と自信を生み出す最も楽しいシリーズ——となった。

いまや、私たちはバブル経済崩壊後の混沌とした価値観のただ中にいる。その価値観は常に未曾有の変貌を見せ、社会は少子高齢化し、地球規模の環境問題等は解決の兆しを見せない。私たちはあらゆる不安と懐疑に対峙している。

本シリーズ“青春新書インテリジェンス”はまさに、この時代の欲求によってプレイブックスから分化・刊行された。それは即ち、「心の中に自らの青春の輝きを失わない旺盛な知力、活力への欲求」に他ならない。応えるべきキャッチコピーは「こころ涌き立つ“知”の冒険」である。

予測のつかない時代にあって、一人ひとりの足元を照らし出すシリーズでありたいと願う。青春出版社は本年創業五〇周年を迎えた。これはひとえに長年に亘る多くの読者の熱いご支持の賜物である。社員一同深く感謝し、より一層世の中に希望と勇気の明るい光を放つ書籍を出版すべく、鋭意志すものである。

平成一七年

刊行者　小澤源太郎

著者紹介

佐藤 優〈さとう まさる〉

1960年東京都生まれ。作家、元外務省主任分析官。85年、同志社大学大学院神学研究科修了。外務省に入省し、在ロシア連邦日本国大使館に勤務。その後、本省国際情報局分析第一課で、主任分析官として対ロシア外交の最前線で活躍。2002年、背任と偽計業務妨害容疑で逮捕、起訴され、09年6月有罪確定。『国家の罠』（新潮社）で第59回毎日出版文化賞特別賞受賞。『自壊する帝国』（新潮社）で新潮ドキュメント賞、大宅壮一ノンフィクション賞受賞。『人に強くなる極意』『自分を動かす名言集』（共に青春出版社）、『世界観』（小学館）など著書多数。

僕（ぼく）ならこう読（よ）む

青春新書 INTELLIGENCE

2017年2月15日 第1刷
2017年3月1日 第3刷

著者 佐藤（さとう） 優（まさる）

発行者 小澤源太郎

責任編集 株式会社プライム涌光
電話 編集部 03(3203)2850

発行所 東京都新宿区若松町12番1号 〒162-0056 株式会社青春出版社
電話 営業部 03(3207)1916 振替番号 00190-7-98602

印刷・中央精版印刷 製本・ナショナル製本

ISBN978-4-413-04508-7

こころ涌き立つ「知」の冒険!

青春新書
INTELLIGENCE

佐藤 優のベストセラー新書シリーズ

人に強くなる極意

どんな相手にも「ぶれない」「びびらない」。
現代を“図太く”生き残るための処世術を伝授する

ISBN978-4-413-04409-7　838円

「ズルさ」のすすめ

いまを生き抜く極意

自分を見つめ直す「知」の本当の使い方とは

ISBN978-4-413-04440-0　840円

お金に強くなる生き方

知の巨人が教える、お金に振り回されない技術

ISBN978-4-413-04467-7　840円

※上記は本体価格です。（消費税が別途加算されます）
※書名コード（ISBN）は、書店へのご注文にご利用ください。書店にない場合、電話または Fax（書名・冊数・氏名・住所・電話番号を明記）でもご注文いただけます（代金引換宅急便）。商品到着時に定価＋手数料をお支払いください。
〔直販係　電話03-3203-5121　Fax03-3207-0982〕
※青春出版社のホームページでも、オンラインで書籍をお買い求めいただけます。
ぜひご利用ください。〔http://www.seishun.co.jp/〕

お願い　ページわりの関係からここでは一部の既刊本しか掲載してありません。折り込みの出版案内もご参考にご覧ください。